초등학교 1학년 변성준의

365 꿈이
자라는
소리

초등학교 1학년 변성준의
365 꿈이 자라는 소리

초판 1쇄 인쇄 2012년 02월 03일
초판 1쇄 발행 2012년 02월 10일

지은이 | 변성준
펴낸이 | 손형국
펴낸곳 | (주)에세이퍼블리싱
출판등록 | 2004. 12. 1(제2011-77호)
주소 | 서울시 금천구 가산동 371-28 우림라이온스밸리 C동 101호
홈페이지 | www.book.co.kr
전화번호 | (02)2026-5777
팩스 | (02)2026-5747

ISBN 978-89-6023-751-3 03810

차례

무주 리조트에서 썰매타기

무주 리조트에서 썰매를 탔다.

대형과 소형이 있었다.

대형에서 아빠와 함께 탔는데 아빠 발 때문에 눈이 나에게 튀어 눈 벼락을
맞았다.

소형에서 혼자 한 번 타봤는데 아빠처럼 눈이 튀지 않았다.

아빠는 어떻게 조정을 해서 눈을 튀게 했을까?

그런데 아빠가 이번엔 가장자리 쪽에 부딪쳐서 꼴등으로 도착했다.

나중엔 대형에서 혼자 타 볼 거다.

선생님께 편지쓰기

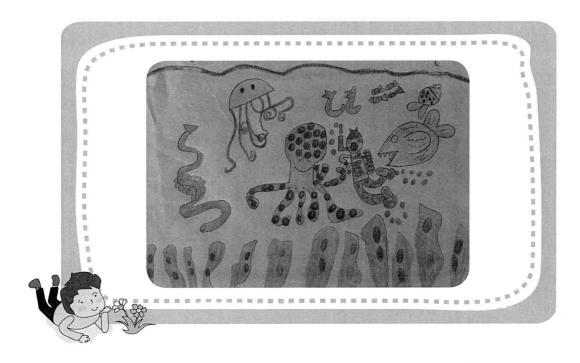

선생님께 편지를 썼다.

편지에 쓴 것 중에서 제일 궁금했던 것은 선생님은 무슨 색을 좋아하는 거였다.

내가 생각하기에 선생님은 회색을 좋아할 것 같다.

그리고 나는 만들기를 좋아하는데 학교에서 만들기를 많이 했으면 좋겠다.

새싹 관찰하기

동그란 플라스틱 통에 물을 붓고 구멍이 뿅뿅 뚫린 판 위에 솜을 깔아 씨앗을 붓고 새싹을 키웠다.

씨앗이 너무 붙어 있어 잘 자랄까 걱정했는데 정말 물에서 쑥쑥 자랐다.

내 것은 반듯하게 자랐지만 예슬이 새싹은 옆으로 기우뚱하게 자랐다.

그리고 씨앗에서 새싹이 자라 씨앗 껍질이 떼어지고 아래는 뿌리로 바뀌었다.

앞으로 계속 쑥쑥 자라 빨리 새싹 비빔밥을 해 먹었으면 좋겠다.

의자에 왜 바르게 앉아야 되는지 배우기

학교에서 의자에 왜 바르게 앉아야 되는지 배웠다.

왜냐면 병에 걸리기 때문이다.

병 이름은 '척추측만증'이다.

그리고 수술을 잘 못하면 큰 병에 걸려서 죽을 수도 있다고 했다.

나는 그런 병에 안 걸려야지.

그러려면 바르게 앉아야겠지.

놀이터에서 친구들과 놀기

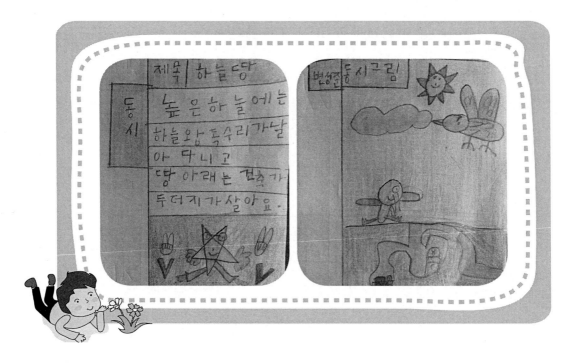

학교를 마치고 집 앞 놀이터에서 친구들과 놀았다.

같은 반 인성이와 아영이다.

그런데 아영이가 집에 가자 최인우가 왔다.

그래서 달리기 시합을 하고 총알 찾기를 했다.

그 중에서 총알 찾기가 더 재미있었다.

총알은 놀이터 주변에 많았다.

총알로 멋진 것을 만들어야지.

인성이와 같이 머핀 먹으러 가기

인성이와 만나 머핀을 먹으러 갔다.

대림 어린이집 앞에서 행사를 하고 있었다.

난 돈을 주고 사 먹어야 되는지 알았는데 돈을 주지 않고 그냥 가져가는

거였다.

머핀은 달콤해서 정말 맛있었다.

예슬이가 커서 빵집 아줌마가 됐으면 좋겠다.

학교에서 선생님이 낸 퀴즈 맞추기

학교에서 선생님이 책을 읽어 주셨다.

그 다음에 퀴즈를 선생님이 내 주셨다.

나는 손을 친구에게 숨기고 있다가 번쩍 들었더니 선생님께서 "성준이가

먼저 손을 들었다." 라고 했다.

퀴즈를 맞히자 선생님께서 사탕을 선물로 주셨다.

하지만 나는 사탕을 먹으면 몸이 가려워 안 좋으니 친구에게 먹으라고 줬다.

난 이제부터 친구들에게 손을 숨기고 손을 바로 들어야겠다.

신호등 만들기

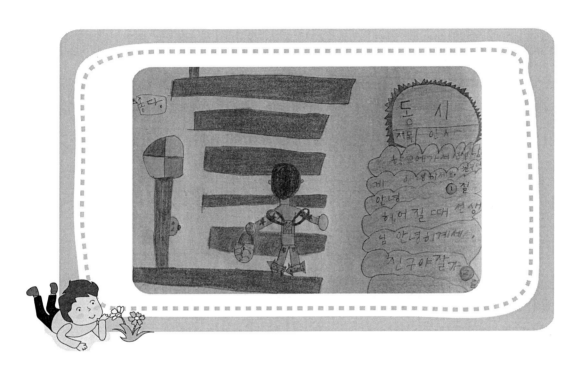

신호등을 만들었다.

준비물은 신호등 그림, 나무젓가락, 풀이다.

만들기 방법은 먼저 신호등 그림을 색칠한다.

그 다음 반으로 접어서 안쪽에 풀칠을 한 다음 나무젓가락 반쪽을 넣으면

신호등 완성.

어린이들도 교통사고가 많이 나서 죽은 어린이들이 많은데 난 죽지 않아

야지.

자동차 2층 집 만들기

자동차가 사는 멋진 2층 집을 국기 블록으로 만들었다.

기둥도 박고 그 위에 국기 뚜껑을 쌓아 올렸다.

그 집과 자동차와 공룡을 가지고 놀았다.

무슨 놀이를 했냐면 싸움 놀이를 했다.

정말 재미있었다.

나중에는 진짜 집을 만들어야지.

실내화를 놓고 집에서 나와 버렸다

실내화를 집에 놓고 학교에 갔다.

그래서 엄마는 얼른 집에 가서 실내화를 가지고 온다고 했다.

교실에서 건우에게 실내화를 빌려 달라고 했는데 빌려주지 않았다.

민지에게 실내화를 빌려주라고 했는데 민지도 실내화가 없었다.

실내화를 신지 않았더니 양말이 더러워졌다.

다음에는 이런 일이 없길 바란다.

이큐의 천재들 책 사기

엄마가 『이큐의 천재들』 책을 샀다.

책 제목은 정말 재미있었다.

눈사람씨, 꽈당씨, 멋져씨, 간지럼씨, 재채기씨, 엉뚱씨 등이었다.

오늘은 A박스를 샀으니까 며칠 후에 B박스가 오니 기대된다.

통통씨, 느려씨같은 이런 동화책이 더 있으면 좋겠다.

월E 영화 관람

국립박물관에서 월E 영화를 봤다.

가장 재밌었던 내용은 바이러스 로봇이 지구에서 고장 난 월E를 고치는 거였다.

정말 재미있는 장면이었다.

그리고 이 세상에 청소 로봇이 있어 우주에 있는 쓰레기와 지구에 있는 쓰레기를 모두 맛있게 냠냠 먹었으면 좋겠다.

그리고 내 꿈이 로봇 만드는 과학자인데 대청소 로봇도 만들어야지.

혼자서 학교 다니기

오늘 처음으로 혼자 학교에 갔다.

민지와 인성이는 엄마가 데리고 왔다.

장서린을 만나서 이야기를 들어보니 장서린과 김태균이 이편한세상에 산다는 것도 알았다.

그리고 엄마랑 같이 다니는 것보다 혼자 다니는 게 더 좋다.

왜냐하면 다른 친구는 엄마랑 같이 다니는데 나는 혼자 다녀서 다른 친구 엄마들이 의젓하다고 칭찬을 해주기 때문이다.

아직 봄인데 바람이 살랑살랑 분다.

친구 얼굴 그리기

학교에서 친구 얼굴을 그렸다.

조준우, 이주현, 양인성, 박석현, 이성준 그림을 봤는데 정말 웃겼다.

그런데 조준우는 내 그림을 보고 웃었다.

학교에서 그리기 말고 만들기도 많이 하면 좋겠다.

그런데 학교에서 로봇 만들기도 할까?

『바빠씨』 책 읽기

『바빠씨』 책을 읽었다.

가장 재미있었던 것은 바빠씨가 주말에 집을 후다닥 지었는데 온통 창문과 문투성이였다.

집 이름은 주말에 후닥닥 지어 버려서 주말 오두막이라고 한 부분이 제일 재미있었다.

그런데 만약 내가 빨라씨라면 책을 1초 만에 읽고 할 일을 8분 안에 해버렸을 것이다.

나도 바빠씨처럼 되고 싶다.

3월 17일 목요일 바람이 불어서 연 날리기 좋은 날씨.

운동장에서 줄넘기하기

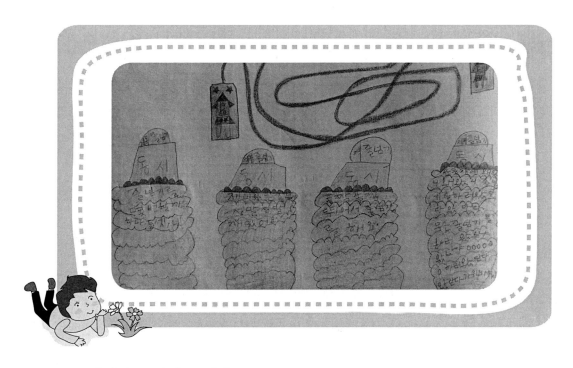

운동장에서 줄넘기를 했다.

내가 제일 많이 한 개수는 42개였다.

하지만 한 개도 못한 친구들도 있었다.

나는 민수와 줄넘기를 누가 더 많이 하나 해보자고 했다.

내가 더 잘했다.

정민이 하고도 해봤는데 내가 더 많이 뛰었다.

하지만 선생님이 줄넘기를 100개 하라고 하셨다.

그건 너무 많은 것 같다.

링 걸이 게임하기

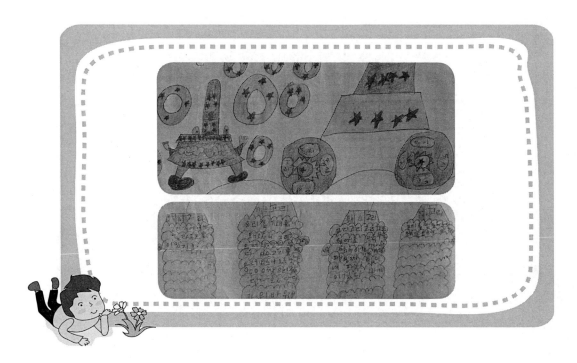

링 걸이 게임을 했다.

난 짬뽕 팀에 들어갔다.

점수는 여자팀이 4점, 남자팀이 7점, 짬뽕 팀이 4점.

남자팀이 이겼다.

다음에는 선생님께서 나를 남자팀으로 끼워줬으면 좋겠다.

집에 링 걸이 게임이 있으면 집에서 아빠랑 하면 좋을 텐데.

연수 돌잔치 참석

연수 돌잔치에 갔다.

가서 제일 맛있었던 것은 식혜였다.

얼음이 동동 떠있어서 시원하니 정말 맛있었다.

하지만 집에서 엄마가 해준 식혜가 더 맛있다.

왜냐하면 뷔페 식혜는 밥이 없는데 엄가가 해
준 식혜는 밥이 동동 떠있기 때문이다.

그런데 우리가 세상에서 가장 돈이 많다면 날
마다 뷔페에서 식사를 할 수 있을 텐데.

짝꿍 바꾸기

짝꿍을 바꿨다. 내 짝꿍은 정나라다.

나는 물티슈로 내 책상과 나라 책상을 닦아 주었다.

선생님은 2주마다 자리를 바꾸신다고 하셨다.

2주 지나면 내 짝은 누가 될까?

그리고 유치원 때는 나라와 별로 안 친했다.

왜냐하면 유치원 때 나라가 콧구멍을 벌름벌름 하면 정말 웃겼기 때문이다.

또 나라가 입을 내밀면 문어 같다는 생각이 들어서다.

하지만 같은 반, 내 짝꿍이 되었으니 친하게 지내야겠다.

ㄱㄴㄷㄹㅁㅂㅅㅇㅈㅊㅋㅌㅍㅎ쓰기

학교에서 ㄱㄴㄷㄹㅁㅂㅅㅇㅈㅊㅋㅌㅍㅎ을 썼다.

선생님께서 내가 자음자를 바르게 써서 삼 동그라미를 주셨다.

나에게만 주셨다.

조준우가 "나는 쌍 동그라미 받았다."라고 자랑하자 나는 삼 동그라미 받

았다고 하자 조준우는 멍하니 나를 쳐다보았다.

나중에 무한개 동그라미를 받았으면 좋겠다.

선생님이 한석봉 별명을 붙여 준 날

선생님께서 내가 글씨를 잘 써서 한석봉 별명을 붙여 주셨다.

정말 좋았다.

하지만 애들이 자꾸 몰려와서 정신이 하나도 없었다.

그리고 한석봉은 글씨뿐만 아니라 다른 것도 잘하는 사람이다.

그런데 서연이가 나에게 "너 인기 진짜 많다." 라고 말하자 기분이 좋았다.

난 글 쓰는 과학자가 될 거다.

자기 꿈에 대해 연습해 오기

학교에서 선생님이 숙제로 자기 꿈에 대해 말하는 것을 연습해오라고 하셨다.

내 꿈은 로봇 만드는 과학자이다.

그리고 이렇게 재밌는 숙제는 처음이다.

나는 공책을 찢어 거기에 쓰고 도화지에 붙였다.

아래는 로봇 그림을 그렸다.

학교에서는 매일 재밌는 숙제만 했으면 좋겠다.

자기 꿈 발표하기

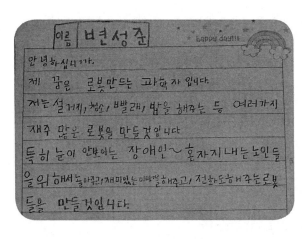

이름	변성준

안녕하십니까.

제 꿈은 로봇만드는 과학자 입니다.

저는 설거지, 청소, 빨래, 밥을 해주는 등 여러가지

재주 많은 로봇을 만들것입니다.

특히 눈이 안보이는 장애인~혼자지내는 노인들

을 위해 놀아주고, 재미있는 이야기해주고, 전화도해주는 로봇

들을 만들것입니다.

학교에서 자기 꿈에 대해 발표했다.

친구들은 다른 친구가 부끄러워 발표를 잘 못하고 있으니까 나처럼 종이에 써서 발표를 하려고 부랴부랴 수첩 종이를 빌려서 글을 썼다.

하지만 수첩엔 글만 쓰고 그림은 그리지 못했다.

나는 다른 친구들의 꿈을 들을 수 있어서 정말 재밌었다.

그리고 내가 어른이 되면 이주현이랑 같이 멋진 로봇을 만들 거다.

왜냐하면 이주현 꿈도 로봇 만드는 것이기 때문이다.

배드민턴 치기

엄마가 튀밥을 튈 때 가까운 놀이터에서 배드민턴을 쳤다.

배드민턴은 정말 재밌었다.

그런데 아빠가 친 배드민턴공이 나무에 걸렸다.

아빠는 배드민턴채를 던져 공이 내려오게 했다.

시간이 지나자 나도 아빠처럼 공이 나무에 걸렸다.

아빠와 함께 운동을 하니 기분이 좋았다.

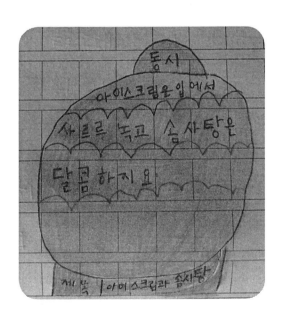

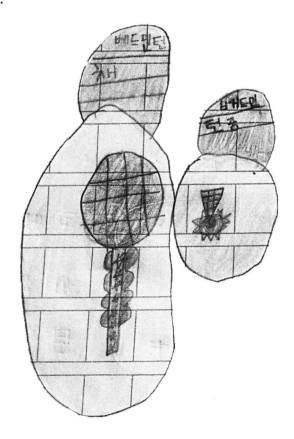

인라인스케이트 타기

밖에서 인라인스케이트를 탔다.

그런데 기우뚱 기우뚱 넘어질 거 같았다.

인라인스케이트 바퀴는 한 줄에 네 개 있지 않고 두 줄로 네 개가 있었으면 좋겠다.

나는 어른이 돼서 돈을 아주 많이 벌어 더 멋진 인라인스케이트를 살 거다.

친구들과 정글 놀이하기

친구들과 쉬는 시간에 정글포스 놀이를 했다.

정말 재미있었다.

나는 과학자가 돼서 내가 좋아하는 로봇들을 만들어서 그것들을 합체해

더 멋진 로봇을 만들 거다.

그 로봇이 나쁜 사람들을 혼내 줄 거다.

또 나쁜 사람들에게 반성하는 약을 발명해서 뿌릴 거다.

그 약을 뿌리면 나쁜 사람들은 자기의 잘못을 반성하겠지.

상상만 해도 웃긴다.

기차놀이

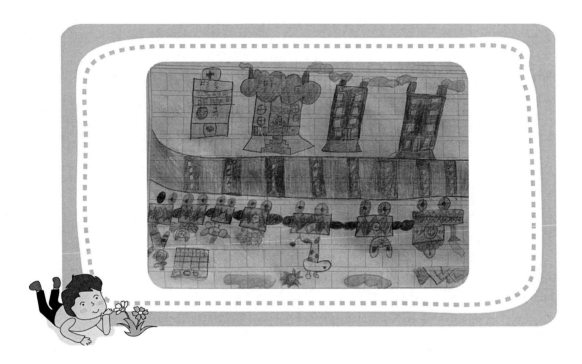

운동장에서 줄넘기를 묶어 기차를 만들었다.

내가 기관사가 돼서 운전하는데 뒤에 탄 친구들이 나를 그만 뒤로 밀어 내 옷과 내의가 벗겨졌다.

그런데 엉덩이가 보여 간신히 내의를 올렸다.

다음엔 안전하고 편한 로봇 기관사가 있으면 좋겠다.

왜냐하면 또 내 엉덩이를 다른 사람에게 보이고 싶지 않기 때문이다.

엄마의 빨래 돕기

엄마가 다 마른 빨래를 걷었다.

나는 걷은 빨래를 개고 엄마는 다른 빨래를 건조대에서 걸으셨다.

수건을 개는 것이 제일 어려웠다.

로봇이 빨래를 했으면 좋겠다.

그 로봇 이름은 집안일 로봇으로 할 거다.

내가 진짜 청소 로봇을 만들 수 있을까?

엄마는 내가 빨래 개는 것을 도와주어서 100원을 주셨다.

그 100원은 아프리카에서 못 먹는 어린이를 위해 저금통에 돈을 모으는

거다.

부지런히 돈을 모아야겠다.

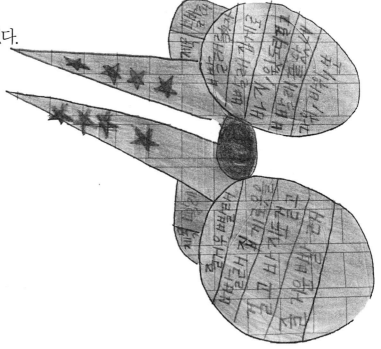

학교에서 받아쓰기하기

학교에서 받아쓰기를 했다. 나는 백점 맞았다.

선생님께서 채점할 때 슬쩍 보았다.

하지만 내 것이 아니라는 생각이 들었다. 그렇지만 내 것이었다.

그리고 내 짝꿍은 한 개 틀렸다. 원래 1급 공부했는데 11급을 봤다.

준형이 이모는 백점을 맞지 않고 칠십 점을 맞아서 속상하다고 했다.

나는 계속 백점을 맞을 거다.

그리고 다른 친구들은 백점을 많이 맞지 못했는데 나는 백점을 맞아서 의기양양한 생각이 들었다.

선생님이 써주신 답장보기

학교에서 선생님께서 답장을 써 주셨다.

나는 친구들과 이모들에게 보여줬다.

나는 또 편지를 쓰고 싶다.

그런데 미라가 내 편지봉투에 침을 발랐다.

생각만 해도 더러웠다.

나는 다른 친구가 편지를 쓰면 선생님보다는

답장을 더 빨리 써줄 거다.

내가 말만하면 로봇이 적으면 좋겠다.

그리고 내가 그 로봇들을 조정할 거다.

또 선생님이 앞에 앉아 있는 친구들을 둘러

보면 유난히 눈빛을 내는 친구가 성준이라는

말이 제일 기분 좋았다.

나는 선생님이 정말 좋다.

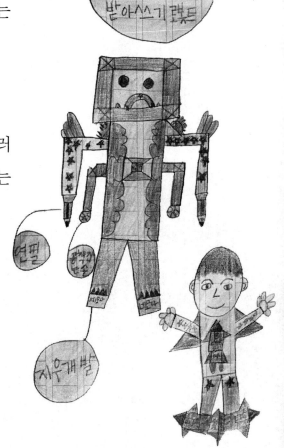

남생이 등딱지 만들기

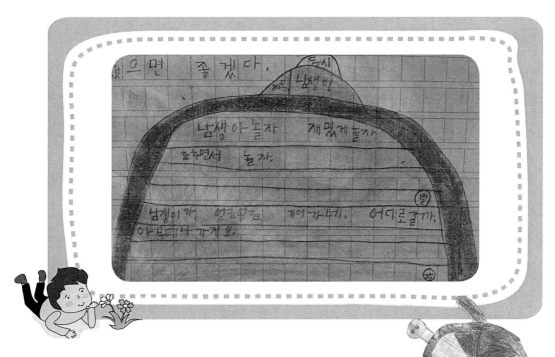

학교에서 남생이 등딱지를 만들었다.

정말 재미있었다.

옆은 알록달록 한가운데는 파란색 그 옆은 은색으로 칠했다.

금색과 은색은 정세윤이 빌려줬다.

등딱지는 정말 멋졌다.

만약 내가 거북이라면 용궁에 가서 맛있는 것을 먹고 재미있게 놀 거다.

그리고 세상에 있는 모든 남생이는 말을 했으면 좋겠다.

무등산 중봉가기

무등산 중봉으로 등산을 갔다.

누구랑 갔냐면 경모 형, 성진이 삼촌, 아빠와 함께 갔다.

하지만 성진이 삼촌이 먹을 걸 안 가져 왔으면 쫄딱 굶어야 했다.

왜냐하면 우리는 과일만 가져 왔기 때문이다.

하지만 삼촌이 먹을 것을 많이 가져오셔서 많이 먹는 바람에 설사를 했다.

만약 산은 로봇이 올라가고 나는 발을 구르면 정말 좋겠다.

그리고 무등산은 험했는데 비까지 왔다.

나중엔 뉴스를 봐야겠다.

왜냐하면 언제는 어떤 날씨인지 알 수 있기 때문이다.

그리고 다섯 시간을 산에서 보내다니 말도 안됐다.

성진이 삼촌이 비가 오는 날에는 산에서 좋은 기운을 뿜어낸다고 했다.

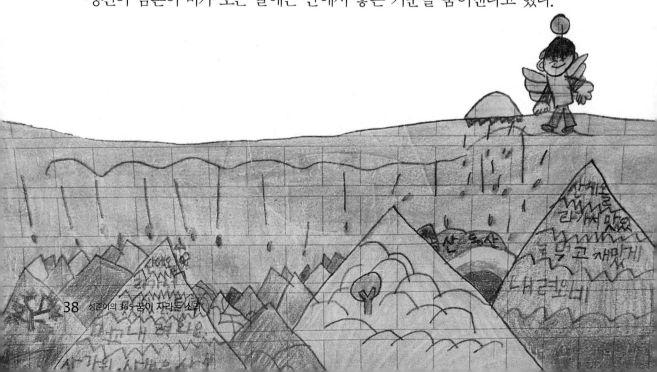

친구가 전학 옴

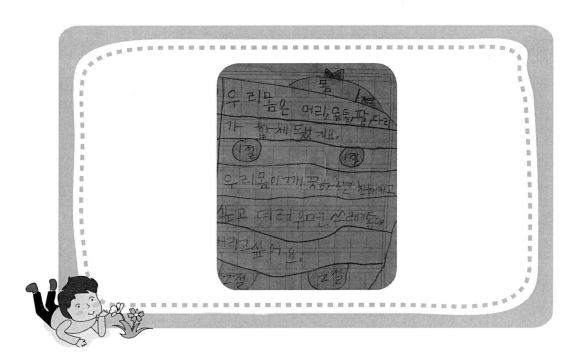

친구가 전학을 왔다.

그리고 학교에 새로운 친구는 안 오는 줄 알았는데 와서 놀랐다.

이름은 곽민승. 대림 이편한세상 126동에 산다.

선생님은 이편한세상에 사는 친구들이 길을 안내해 주라고 하셨다.

이주현은 곽민승과 내가 닮았다고 했다.

다음에 전학 올 친구의 짝은 누가 될까?

곽민승과 학교를 같이 다니면 많이 친해질 거다.

1학년 2반에 친구가 전학 와서 정말 좋다.

한 줄 기차놀이하기

학교에서 밥 먹고 난 뒤 운동장에서 한 줄 기차놀이를 했다.

놀이 방법은 한 줄로 선 다음 몇 팀으로 나눠서 만나면 가위, 바위, 보를 한다.

진 사람은 이긴 사람 뒤에 붙는다.

정말 재미있는 놀이였다.

나는 또 하고 싶다.

왜 재미있었냐면 가위, 바위, 보를 해서 진 사람이 뒤로 가는 게 원숭이 꼬리 같아서 재미있었다.

다음에는 가위, 바위, 보 사이에 재미있는 동작을 넣으면 좋겠다.

무슨 동작을 넣으면 좋겠냐 하면 엉덩이를 흔들면 정말 웃기겠다.

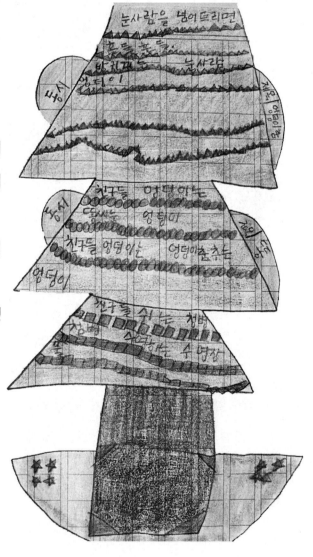

도서실에서 책 빌리기

도서실에 갔다.

선생님께서 대출증을 주셨다.

나는 도서관에서 『별과 별자리 why?』 책을 빌렸다.

그 책은 다음 주 수요일까지 돌려주면 된다.

만약 도서관에 '환영 로봇'이 있으면 달려와서 나를 환영해 줄 텐데.

그러면 한 사람이 책 무한 권을 읽을 텐데.

그리고 '찾아줘 자동차'가 사람들이 책을 못 찾을 때 찾아주면 얼마나 좋을까?

또 도서관에서 매일 책 파티를 열면 좋겠다.

우산 들고 양치질하기

화장실 안에서 양치질을 했다. 그런데 석현이가 밖에서 양치질 하면 빨리 할 수 있다고 가르쳐 주었다. 비 오는데 나는 우산 쓰고 밖에서 양치질을 했다. 나는 비 오는데 이게 무슨 꼴이냐고 생각했다.

큰 나비가 나를 따라와서 나대신 빗방울을 막아 주었으면 좋겠다.

우산이 내 명령대로 날아다니면 난 우산을 안 들어도 돼서 편하겠다.

그리고 세상에 우산을 들어주는 물고기가 있을까?

어떻게 그렇게 하냐면 물고기가 물속에서 나왔을 때 나한테 우산을 씌워 주고 물속으로 들어가고 또 다른 물고기가 우산을 씌워주는 걸 계속 반복 했으면 좋겠다.

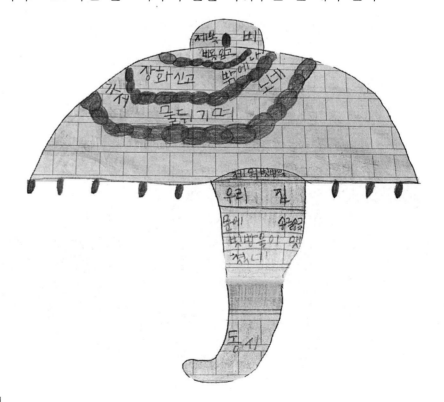

짝꿍 바꾸기

짝을 바꿨다. 내 짝이 누가 될까 무지 궁금했다. 내 짝은 이주현이다. 다음 짝은 누가 될까? 나는 두 번째 줄에서 제일 뒤에 앉는다.

선생님은 앞에 앉은 친구는 뒤로 보내고 뒤에 앉은 친구는 앞에 앉게 하신다고 했다. 다음에는 앞에 앉으면 좋겠다.

왜냐하면 공책과, 종이를 뒷사람에게 친구들이 배달을 잘 하지 않아서 내가 앞에 앉으면 배달을 잘 할 수 있을 것 같아서다.

내가 엄마가 준 물티슈로 책상을 닦고 있는데 친구들이 보고 자기들도 책상을 닦으려고 서로 물티슈를 빌려 달라고 했다. 교실을 깨끗이 청소해주는 청소 로봇이 있었으면 좋겠다. 그럼 항상 깨끗한 교실에서 지낼 수 있으니까.

유스퀘어에서 여러 가지 체험

유스퀘어에서 칼 풍선을 받았다. 다른 곳으로 가보니 블록으로 모양을 만들면 지오데식을 준다고 해서 집 모양을 만들었다.

지오데식은 별모양과 빨대인데 이것으로 팽이를 만들었다. 어떻게 팽이를 만들었냐면 별모양에 빨대처럼 생긴 걸 끼웠다. 다음에는 피라미드처럼 생긴 탑을 만들 거다. 그 탑이 커지면 꼭대기에 올라 갈 거다.

이 탑이 하늘에 닿으면 구름을 따서 구름 빵을 만들 거다. 그래서 사람들에게 나눠주면 사람들이 날겠지. 내가 너무 많이 먹어서 우주를 여행하면 세계 사람들이 나에게 우주 이야기를 해주라고 할 것이다.

이집트 왕자 보기

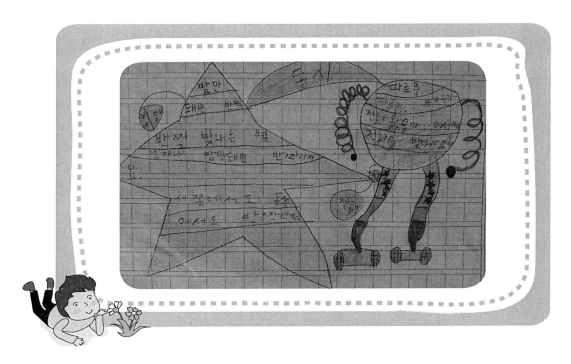

국립박물관 내 영화관에서 "이집트 왕자" 영화를 봤다.

제일 신기한 것은 지팡이를 들었더니 불은 병사에게 가고 모세와 백성들이

지나 갈 수 있게 바닷물이 갈라지면서 길이 생겼다.

내가 하느님이라면 나쁜 사람들한테 벌을 내리고 착한 사람은 내 제자로

만들 거다.

그래서 많은 것을 가르칠 거다.

모세는 백성들을 자유롭게 다스리면 좋겠다.

람세스는 이집트에 남아서 뭘 할까?

소풍 조장 뽑기

학교에서 선생님께서 조장을 뽑아주셨다. 조장은 총 6명이다.

내가 32명 중에서 조장이 될지는 상상도 못했다.

선생님께서 어떤 식으로 조장을 뽑으셨을까?

김현진은 조장이 됐는데 아이들이 아무도 손을 안 들었다.

김현진이 수상한 점이라도 있을까?

나는 내일 놀이기구 타는 것을 정하는데 총 5개만 탈 수 있으니 친구들에게 양보해서 하나씩 고르도록 해야겠다.

과연 친구들은 무얼 타고 싶어 할까? 빨리 내일이 왔으면 좋겠다.

놀이동산으로 소풍

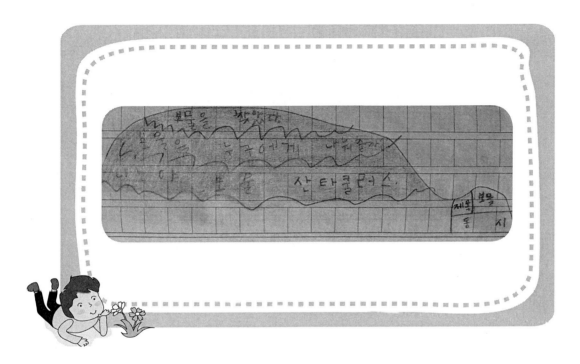

패밀리랜드 놀이동산에 갔다.

점심을 먹고 보물찾기를 했다.

처음에 네 장이 있었고 현정이가 한 장을 주었는데 한 장을 그만 잊어버렸다.

꽝 다섯 장을 모아야 2등이 되는데 네 장밖에 없어서 속상했다.

내일 친구들에게 꽝 한 장만 주라고 해야겠다.

나한테 위치 추적기가 있었으면 보물종이를 단 한 번에 찾았을 것이다.

다섯 장을 모두 모은 친구는 얼마가 좋을까?

내가 만약 1등으로 밥을 먹었다면 꽝, 2등, 1등을 다 찾았을 텐데.

선물 받기

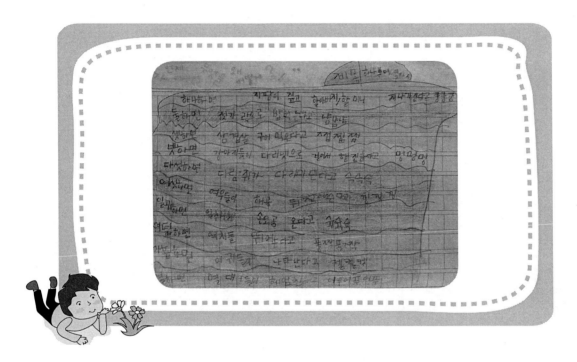

아침에 전아영이 꽝 두 장을 가지고 있어서 나에게 한 장을 줬다.

채정민은 1등을 찾아 축구공을 받아서 좋겠다.

나라면 밥 1초 만에 먹고 꽝 40장, 1등 842장, 2등 842억 개 찾을 거다.

보물찾기 하는 것을 알았다면 밥을 더 빨리 먹고 보물을 찾았을 텐데 아쉽다. 다음에 보물찾기를 하는데 0개를 찾으면 어떻게 할까?

그러면 엉엉 울고 있을 것 같다.

다음엔 꼭 1등을 찾아야겠다.

내가 많이 찾으면 조원들에게 다 나눠 줄 거다.

건강검진 받기

건강검진을 받았다. 혈액검사 하는 게 제일 아팠다.

나는 또 건강검진을 하기 싫다.

안 아프게 건강검진을 하는, 로봇 건강검진 선생님도 있을까?

만약 없다면 내가 만들 거다.

그런데 건강검진을 안 하고 딴청만 피우면 어떡하지?

시력검사를 하니 1.0인데 선생님은 시력이 어느 정도일까?

그런데 선생님은 안경을 끼었네.

선생님은 하루에 텔레비전을 10프로 봤을 거다.

깃발 꾸미기

학교에서 내일이 과학의 날 행사여서 조를 선생님께서 짜 주셨다.

조는 1조, 2조, 3조로 나누었다. 나는 2조다. 조이름도 있었다.

조 이름이 뭐냐면 아인슈타인, 퀴리, 장영실이다. 나는 장영실 조에 속한다.

내가 선생님이라면 친구들이 원하는 조에 들어가게 해줄 거다.

그리고 1조는 김현진이 '오 필승 코리아'를 써서 망하고 3조는 선생님이 선생님 이름을 써서 망했다. 선생님께서 우리 조도 색칠을 도와주려고 하자 우리가 안 된다고 했다. 나는 장영실 중에서 지읒, 이응을 색칠했다.

그리고 태극기, 나무, 별을 그린 다음 내 이름도 썼다.

나는 우리조가 최고라고 생각한다.

과학 행사에서 실험하기

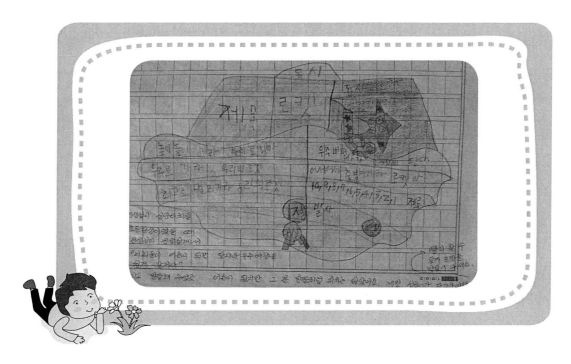

과학의 날 행사를 했다. 총 19가지 실험이 있었다.

그걸 다 하면 정말 큰 과학자가 되겠다. 나는 에어로켓이 제일 재미있었다.

또 탱탱 볼 만드는 것이 가장 신기했다.

왜 신기했냐면 하얀 가루처럼 생긴 것을 물감이 담긴 통에 넣어서 1분 동안 놔두면 통통 튀는 미니 탱탱 볼 완성.

그런데 물감에는 색이 손에 묻는데 이건 물만 손에 묻었다. 왜 그럴까?

마술 물감일까? 우리 학교에 위대한 마술사라도 있나? 우리 집에도 에어로 켓이 있으면 좋겠다. 그 로켓이 천장을 뚫으면 아파트가 쓰러질까?

탱탱 볼 갖고 싶은데

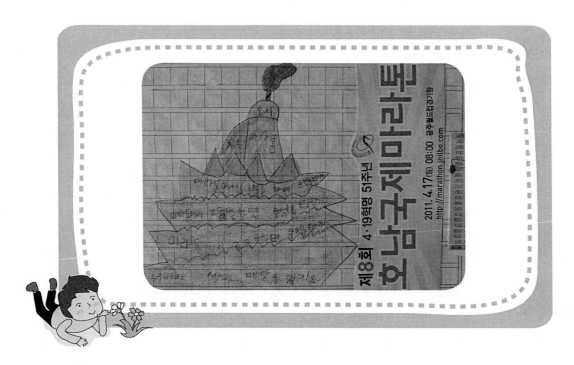

탱탱 볼을 사려고 했는데 못 샀다. 왜 못 샀냐면 예슬이가 정리를 하지 않아서다. 예슬이가 정말 밉다. 예슬이는 정리하지 않는 심술쟁이 난쟁이다. 네 살 때는 잘 했는데 왜 그럴까?

그리고 세상에 정리학교가 있으면 예슬이는 8살 때 정리학교를 다녀야겠다. 예슬이는 정리를 하지 않고 안방에 있었다.

나중에 예슬이에게 내 일기를 보여줘야겠다. 나는 탱탱 볼이 있으면 축구를 할 거다. 엄마는 예슬이를 지켜보고 정리를 잘하면 사준다고 했다.

꼭 샀으면 좋겠다. 사게 된다면 내가 원하는 파란색 탱탱 볼을 살 거다.

긴 실뜨기

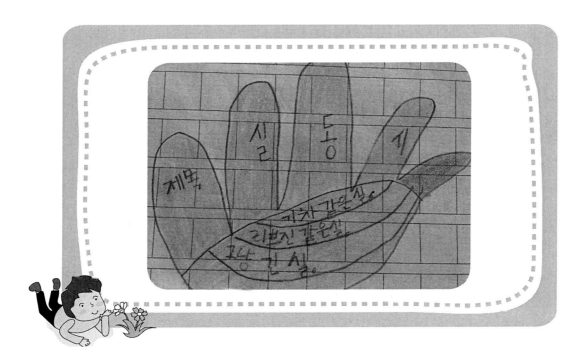

아침에 토요일 날 가져간 실 세 개를 꺼냈다. 그 실은 100센티미터 세 개다.
그런데 자꾸 친구들이 그 실로 장난을 쳐서 화가 났다.
특히 수철이는 실뜨기 하고 있는데 머리, 다리를 때렸다.
수철이는 복도에서 손을 들고 벌을 서게 하면 좋겠다. 하지만 수철이가 잘
못을 인정하면 10초 동안 손을 들게 하고 다시 교실로 보내 줄 거다.
실뜨기는 네 명이 해야 할 거 같았는데 친구들이 바빠서 박주향과 나만
했다. 다음에는 총 네 명 정도 해야겠다.
어디서 누가 실을 보고 "이야, 대박이다. 대박" 이랬다.

책상 정리

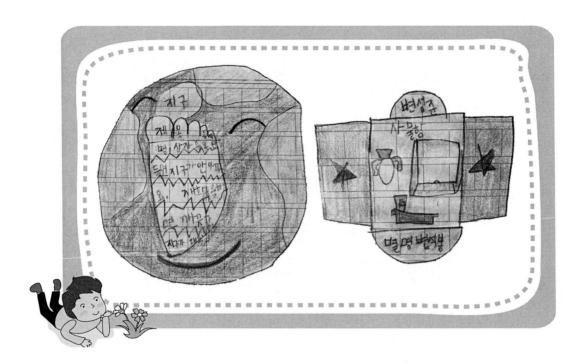

아침에 학교에 가서 서랍장을 정리했다.

어떻게 정리했냐면 상자에 칸을 나눠 차곡차곡 넣었다. 정말 깔끔했다.

나처럼 깔끔하게 정리한 친구는 없을 것이다.

그리고 컵, 칫솔, 치약은 플라스틱 통에 수건을 깔아서 넣었다.

다음에는 서랍을 어떻게 정리할까? 나는 내 서랍장이 정말 마음에 든다.

엄마가 재활용품을 이용해서 서랍장을 정리할 수 있도록 상자를 만들었다.

하지만 쓰레기는 지구에 아직도 많다.

장서린 생일

오늘 서린이 생일이었다. 나는 서린이 생일인지 몰랐다. 알았더라면 선물을 준비했을 텐데. 서린이 이모가 떡 케이크를 간식으로 주서서 서린이에게 생일축하 노래를 불러주었다. 서린이는 왜 촛불을 불기 전에 소원을 빌지 않았을까? 나는 내 생일 때 꼭 소원을 빌어야지.

내 생일 때 우리 반 친구들 32명을 다 초대할 거다. 초대해서 만들기를 하고 놀 거다. 그때 썰매를 만들어야지.

또 내가 제일 좋아하는 영화 "나 홀로 집"에 4탄과 5탄을 부모님에게 생일 선물로 주라고 해야지. 그때 되면 나 홀로 집에 4탄과 5탄을 팔까?

발표

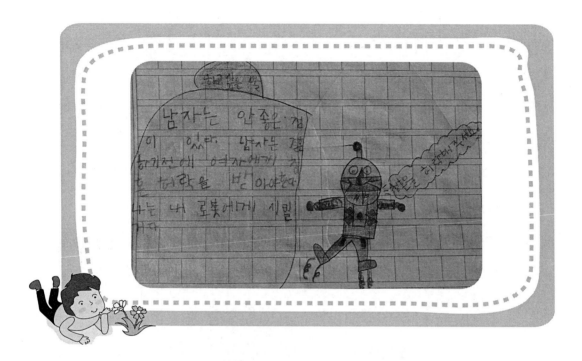

공부시간에 기분을 나타내는 말에 대해서 발표를 했다. 장서린이 첫 번째
로 '슬프다' 라고 하고 내가 두 번째로 '좋았다'라고 말했다. 발표 한 사람은
선생님께서 칠판에 이름을 적었다. 선생님께서 내 이름을 석봉이라고 적고
좋았다 라고 쓰셨다. 이성준은 앞에 하트 표시를 해주셨다. 왜 이성준은
기분을 나타내는 말을 글로 쓰지 않았을까?

인성이는 '싫다'라고 말했다. 그랬더니 선생님께서 눈을 외계인처럼 하고 고
개를 갸우뚱 갸우뚱 했다.

나는 친구들과 축구할 때가 가장 기분이 좋다.

하느님이 물을 뿌리라고 큰 소리로 명령을 내린다.
"에헴, 많이 뿌려야 된다." 1. 2. 3 불대포 발사.

전신 그리기

전신을 그렸다. 그리기 전에 선생님께서 조를 짜주셨는데 우리 조는 박주향, 박다인, 채정민, 변성준 모두 4명이다. 다른 조도 모두 4명씩이다.

그런데 다른 조가 더 잘 그린것 같고 또 다른 조는 해골을 그려서 웃겼다. 박다인이 나에게 전지 위에 누워 보라고 해서 누웠는데 채정민이 나에게 키가 크다고 박주향을 그리자고 했다. 내 모습을 그리고 싶었는데.

내일 전지를 사 가지고 나를 크게 그려야지.

전신그림

집에서 전지 두 장을 합쳐서 풀로 붙였다.

거기에 내가 누워서 엄마가 내 몸 전체를 그려 주셨다.

나는 학교에서 한 것보다 더 멋지게 했다.

학교에서는 왜 그리고 색칠만 했을까?

집에서는 머리카락은 실로 붙이고 플레이콘으로

옷과 얼굴을 붙여서 꾸몄다.

옷을 반짝이 풀로 했으면 더 멋있을 거 같다는

생각이 들었다.

색칠하고 남은 부분은 이렇게 해야겠다.

월요일에 '주말지낸 이야기' 할 때 전지에 나를

그렸다고 해야지.

그리고 내 그림도 친구들에게 보여 줘야지.

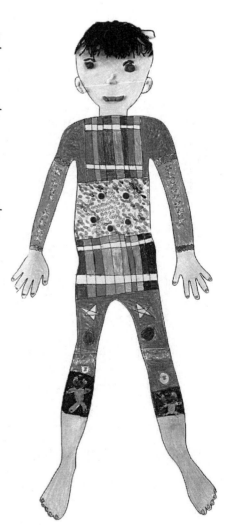

샌드위치 만들기

아침에 샌드위치를 만들어 먹기로 했다. 아빠는 나에게 샌드위치를 만들어
보라고 하셨다. 사과와 토마토를 싹둑싹둑 썰어봤다.

칼로 써는 것이 재미있어서 또 하고 싶었다. 다 썬 다음 빵 위에 잼을 바르
고 달걀과 사과를 놓고 그 위에 토마토를 얹은 다음 설탕을 뿌렸다.

그런데 너무 두꺼워서 먹기가 힘들었
다. 다음에는 과일을 두껍게 썰지 않아
야겠다. 바나나, 딸기 잼, 숯불갈비, 유
기농 과자, 생크림을 넣어 햄버거처럼
만들면 더 맛있겠다.

정말 정말 크게 만들어서 이 세상 사
람들이 다 먹고도 남게 만들어야지.

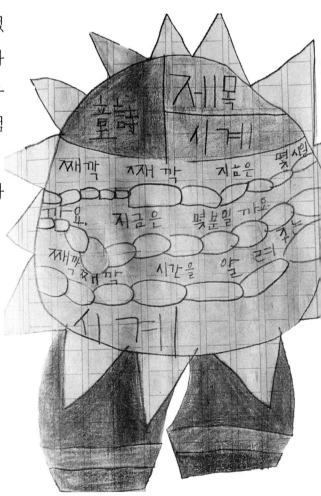

새로 전학 온 김다혜

학교에 김다혜라는 친구가 전학을 왔다.

나는 우리 반에 친구가 두 명이나 전학 올지 몰랐다.

앞으로 몇 명이나 더 전학 올까?

다음에는 남자가 전학 오면 좋겠다.

다혜는 무엇을 좋아하고 무엇을 싫어할까?

우리 반 친구도 전학을 가겠지?

선생님은 친구들이 점점 전학을 많이 오니까 돌보려면 힘드실 거다.

변성준의 글짓기

재밌는 이야기를 지었다. 제목은 로봇 축구. 어느 날 호랑이 박사가 로봇을 만들었다. 그러자 최고 축구감독이 로봇 축구를 만들자고 했다.

그래서 8월 4일 로봇축구를 열었다. 팀은 방귀 팀, 멋져 팀으로 나눈 다음 축구를 시작했다.

하지만 방귀 팀은 방귀를 많이 뀌어서 한 골도 못 넣고 멋져 팀은 자기 옷이 멋져서 한 골도 못 넣었다.

후반전은 방귀 팀이 갑자기 똥이 마려워 멋져 팀에게 똥을 싸자 멋져 팀이 씻으러 간 사이에 골을 넣는다.

귀신의 집

양치질을 하고 난 뒤 친구들이 '귀신의 집'이라고 말해서 가 봤다.

'귀신의 집'은 학교 옆 자갈밭 가운데 있었다. 처음에 문을 만졌는데 무서워서 도망쳤다. 그 다음 구멍이 있어서 안을 들여다봤는데 라디오 같은 것이 보였다. 지금은 귀신을 보지 못하지만 새벽 두 시에 귀신이 문을 열고 나오지 않을까?

나는 세상에 '귀신의 집'도 있나 생각했다. '귀신의 집'에는 귀신이 몇 마리 있을 거다. 준우가 귀신을 봤다는데……. 준우 말을 믿어도 되는 걸까

소꿉놀이하기

아침에 엄마가 소꿉놀이에 필요한 조개껍질, 수수깡, 홍합껍질, 호박씨를
주셨다.

나는 학교에 가서 조개를 가져왔다고 친구들에게 말했다.

친구들이 "어디?" 라고 물어보았다.

내가 조개, 홍합, 수수깡, 호박씨를 보여줬다.

선생님께서 소꿉놀이를 하기 전에 조를 짜 주셨다.

소꿉놀이를 하러 갈 때 정주원은 내가 조개, 수수깡, 홍합, 호박씨를 가져
온 걸 보고 깜짝 놀랐다.

내 주전자에 물도 담았다.

그리고 유채꽃으로 맛있는 음식을 만들었다.

김서연은 나와 똑같은 그릇을 가져왔다.

다 하고 설거지를 하는데 너무 힘들었다.

다음에는 설거지를 로봇한테 시켜야지.

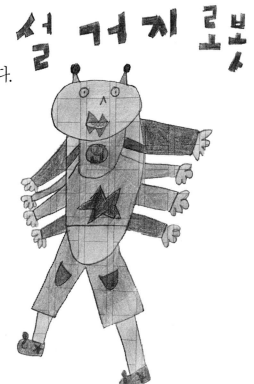

설거지 로봇

병원 가기

어제 소꿉놀이를 해서 감기몸살에 걸렸다. 그래서 아침에 병원에 갔다.

거기서 아주 큰 주사 한 방을 맞았다.

의사 선생님께서 목이 엄청 많이 부었다고 했다.

그래서 학교에 제일 늦게 갔다. 그때 친구들은 쓰기를 하고 있었다.

임성완은 나에게 왜 늦게 왔냐고 물어보았다.

이성준은 내가 늦게 온 것에 대해 엉뚱한 이야기만 했다.

텔레비전 보다가 늦게 왔냐고 하고 잠자다 늦게 왔냐고 했다.

선생님은 임성완처럼 묻지도 않았다.

난 친구가 학교에 늦게 오면 꼭 물어 볼 거다.

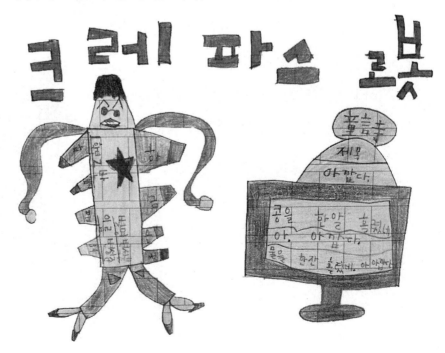

화훼 관광 단지 가기

차를 타고 화훼 관광단지에 갔다. 그 중에서 미소 꽃 농원에 들렀다.
거기서 꽃과 식물을 구경했다. 그러다 선인장 가시에 찔렸다. 주사 맞은 것
처럼 아팠다. 작은 선인장은 아프지 않아서 이번엔 큰 걸 만졌는데 말벌 침
에 쏘인 것 같았다. 나는 엄마에게 선인장 가시에 찔려보라고 했더니 엄마
가 이상한 표정을 지었다. 웃겼다.

파리지옥을 사고 싶었는데 반대해서 로즈마리와 방울토마토를 샀다.

내가 아빠가 되면 파리지옥 백 개 넘게 심을 거야. 나는 아이가 반대해도
꼭 사야지. 파리지옥이 있다면 파리지옥을 관찰하면서 파리지옥에 잡힌 벌
레의 못생긴 더 못생긴 모습을 봐야지.

그리고 파리지옥에게 먹는 입을 만들어 줘야지. 선생님께서는 파리지옥을
키울 거라고 예상한다. "엄마, 아빠 파리지옥 갖고 싶어요."

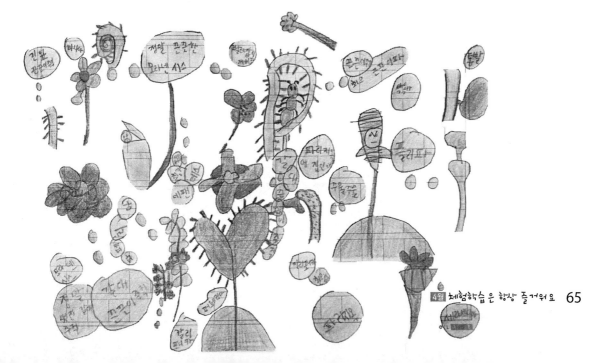

5월
아빠, 엄마 사랑해요

꽃 심기

아침에 베란다에서 로즈마리와 방울토마토를 심었다.

나는 몇 번 삽질을 했는데 아빠가 그러면 언제 하냐고 말씀하셨다.

엄마, 예슬이, 나는 베란다 문 밖에서 보고 아빠는 화분에 흙을 부었다.

나는 문 밖에서 무엇이 잘못됐다고 자꾸 소리쳤다.

그래서 나는 시끄럼씨로 변해서 창문에 바람을 불어서 그림을 그려 무엇이

잘못됐다고 가르쳐 주었다.

구덩이를 더 파고 너무 깊이 심었다고 말했다.

그 다음 화분에 분무기로 물을 뿌려주었다.

로즈마리가 나하고 놀아줬으면 좋겠다.

로즈마리에게 똥을 싸면 로즈마리향이 사라져 버릴까?

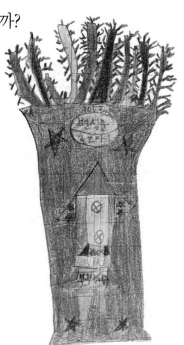

나 홀로 집에 3탄 선물

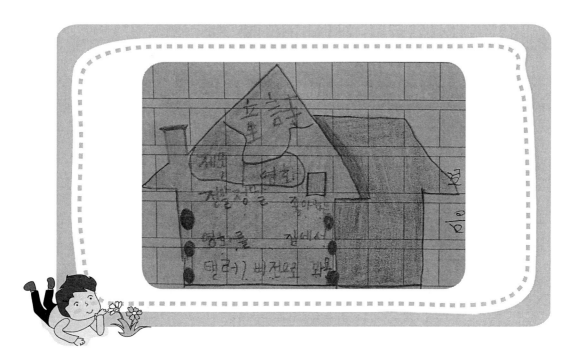

엄마가 토요일에 주문한 나 홀로 집에 디브이디가 왔다. 그것은 어린이 날 선물로 사 준 것이다. 엄마는 나 홀로 집에 3탄이 없어서 인터넷 카페에 글을 올렸다. 거기엔 "나 홀로 집에 3탄 구해요. 우리 아이가 꼭 보고 싶어 해요. 연락주시는 당신은 멋쟁이. 플리스~~~~ 오늘도 좋은 하루 되세요." 라고 글을 썼다. 나는 '연락 주시는 당신은 멋쟁이' 이렇게 쓴 것이 가장 웃겼다.

연락은 먼 부산에서 왔다. 3탄은 도둑이 네 명이나 나와서 정말 재미있겠다. 또 케빈 역할을 다른 아이가 하고 도둑 역할로 다니엘스틴과 조패시가 나오는지 참 궁금하다. 기대된다. 빨리 보고 싶다.

운동회 연습

학교에 가서 몇 분 안 돼 운동장에 나갔다.

나가서 운동회 연습을 했다.

어이가 없었다. 아직 1교시 시작도 안 했는데.

공 전달하기 게임도 그 중 하나였다.

우리 팀은 백군이다.

그런데 청군이 이겼다.

청군이 얄미웠다.

나는 운동회 때 꼭 트로피, 상패를 탈 거다.

백군이 이겼으면 좋겠다.

백군이 지면 안 되는데…….

포크 댄스도 꽤 재미있었다.

친구들은 짝이랑 서로 같이 하려고 했다.

나는 달리기에서 꼭 1등 날 거다.

파이팅!

힘든 날

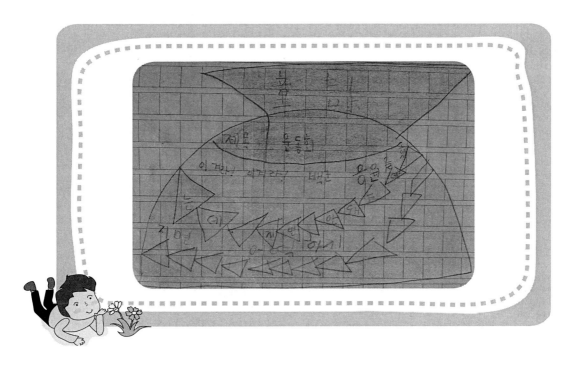

운동회 연습을 했는데 왜 또 하는지 궁금했다. 연습을 또 할지는 꿈에도 몰랐다. 너무 힘들었다. 끝나니까 진짜 목말랐다. 친구들이 말하는 시원한 물이 있는 곳을 몰라서 계속 찾아다녔다. 유치원 때는 힘들지 않았는데 학교는 왜 이렇게 힘들까? 유치원 다니는 것이 더 낫다.

하나, 둘 하면서 뒤로 몸을 돌리는 부분이 가장 쉽고 포크댄스가 좀 어려웠다. 공굴리기는 가장 재미있었다. 나는 줄다리기 하고 싶은데 학부모들만 한다고 했다. 운동회 때 꼭 백군이 이겼으면 좋겠다.

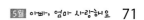

재미있는 쿵푸팬더 보기

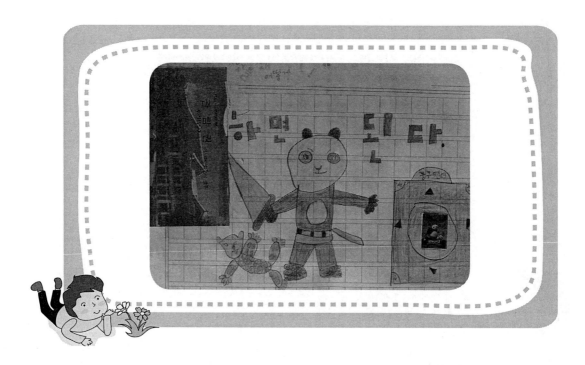

국립 박물관에서 "쿵푸팬더" 영화를 감상했다. 용의 전사가 누가 되는지 구경하러 갔는데 팬더가 용의 전사가 되어서 악당 표범을 무찔렀다.

그 중에서 쿵푸팬더가 표범을 무찌른 것이 가장 재미있었다.

팬더는 뽈록 나온 배로 표범을 날려 버렸다. 내가 더 셀까 팬더가 더 셀까?

영화에서 용의 전사가 돼는 종이가 있었는데 거기엔 비법은 없고 자기만 보였다. 그런데 왜 쿵푸팬더 아빠는 팬더여야 하는데 오리일까?

갑자가 팬더가 한 마리밖에 없어서 그랬을까?

내가 감독이라면 팬더 아빠를 팬더로 하고 엄마도 추가할 거다.

운동회

아침부터 운동회를 시작했다. 닭싸움, 줄넘기, 큰 공 굴리기, 누가 빨리 넘기나, 포크댄스, 달리기는 하고 짚신 멀리 던지기와 물 풍선 전달하기는 하지 않았다. 한 것 중에서 줄넘기가 제일 재미있었다.

왜 재미있었냐면 청군은 줄넘기를 늦게 해 백군이 이겼기 때문이다.

청군은 잠만 자고 줄넘기 연습을 하지 않았나 보다. 줄넘기 연습을 왜 하지 않았을까? 지금 당장이라도 연습하면 내년 운동회 때 이길 텐데……

오늘 응원하느라 목청이 터지는 줄 알았다. 그래서 청군이 게임에서 이기고 백군은 응원 상을 탔다. 트로피, 금 상패 하나씩은 주겠지.

황돈에서 외식

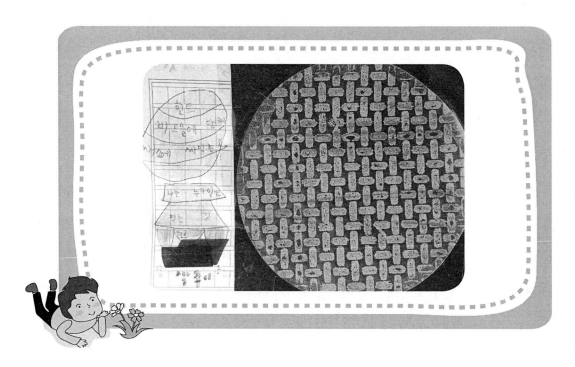

아빠, 엄마, 큰 아빠, 대현이 형, 할머니와 함께 황돈에 갔다. 거기서 월남쌈을 먹었다. 수프도 나왔는데 맛있어서 네 그릇이나 먹었다. 나무를 갈아서 넣은 수프 같았다. 쌀 종이는 비트 물에 담근 다음 접시에 놓으니 붙어서 접시에 붙은 박쥐같았다. 쌀 종이 위에 여러 가지 야채를 놓고 소스, 고기, 파인애플을 넣어 먹었는데 매웠다. 왜 이렇게 매운지 기절할 것 같았다. 삼겹살도 먹었는데 맛있어서 또 먹으려고 이리저리 돌아다녔다. 그 다음 국수, 죽을 먹었는데 죽이 훨씬 맛있었다. 초록색 가는 실처럼 생긴 매생이를 넣어서 그럴까? 조금 뜨거웠지만 괜찮은 맛이었다.

샌드위치 만들고 설거지하기

오늘이 어버이 날 이어서 샌드위치 요리를 엄마 아빠에게 만들어 드리기로 했다.

아빠가 빵을 사오는 동안 나는 토마토와 사과를 씻고 그릇을 준비했다.

시간이 조금 남아서 토마토를 조금 썰었다.

첫 번째 썬 것보다 더 잘 썰었다.

하얀 눈처럼 온통 하얀 설탕도 넣으면 더 맛있었을 텐데……

조청을 대신 넣었는데 단맛은커녕 아무 맛도 나지 않았다.

다음에는 샌드위치를 딸기잼 천국 으로 만들어야지.

다 먹고 설거지를 했다.

접시, 컵, 도마, 칼을 씻는데 너무너 무 팔이 아팠다.

파리지옥은 있는데 설거지 지옥은 있을까?

설거지를 해야 하는데 힘들면 설거 지 거인에게 시키면 얼마나 좋을까?

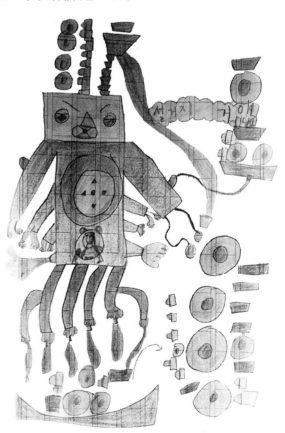

튀밥 낚시

장흥 천변에 가서 오리에게 밥을 주었다. 장흥 가기 전에 집에서 오리 잡는 도구를 만들어 옛날보다 특이한 방법으로 오리에게 밥을 줄 수 있었다.

낚시 대회가 그 중 하나였는데 물고기가 한 마리도 오지 않았다.

그런데 어떤 남자 아이가 첨벙 첨벙 큰 돌을 강물에 던졌다.

정말 오리 먹이로 주고 싶을 정도로 미웠다.

물고기가 한 마리도 오지 않아 오리에게 튀밥을 주기로 했다.

그런데 돌 때문에 오리가 떠났다.

아빠는 계속 오리에게 오라고 "꽥꽥" 소리를 질렀다.

덩달아 예슬이와 은지도 소리를 질렀더니 오리가 우리 쪽으로 왔다.

오리가 잠수하는 모습을 보고 싶었는데…….

오리 주변에 살고 있는 사람들은 날마다 귀마개를 하고 살 거다.

오리가 꽥꽥 할지 모르니까?

오리가 낚싯대에 오지 않은 이유는 시력이 나빠서 그럴까?

그러면 누가 안경을 왜 만들어 주지 않았을까?

구두 닦기

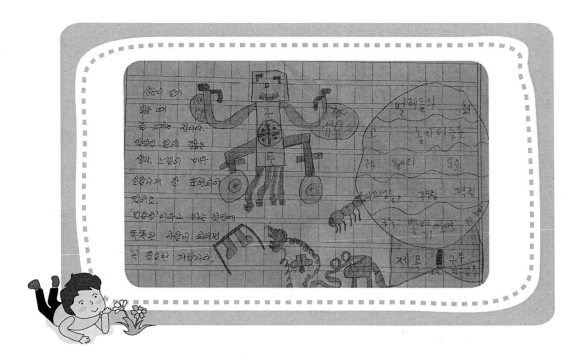

구두를 닦아봤다. 먼저 헝겊과 솔로 구두 여기저기를 닦았다.

그 다음 스프레이처럼 생긴 구두약 뚜껑을 열고 구두약을 신발에 바른 다음 헝겊으로 닦았다. 냄새가 스컹크 방귀 냄새였다.

그런데 내가 구두 안을 솔로 닦아버렸다.

우리 집은 구두 닦기 박물관이다.

향기 나는 멋진 향기 가게를 차린다면 사람들이 향기 구두 약 통 안에 꿀이 들어 있는지 알고 먹어 버릴 텐데……

구두를 닦아보니 물 발라서 닦는 것 같았다.

기분을 나타내는 얼굴 그리기

학교에서 5교시 때 기분을 나타내는 얼굴을 그렸다.

선생님께서 기쁘다, 슬프다, 화나다, 지루하다를 칠판에 그리셨다.

규형이가 그린 것은 괴물 같았고 은수가 그린 것은 도둑 같았다.

규형이는 눈, 코, 입이 얼굴에 없고 낙서만 해서 괴물 같았고, 은수는 아래가 도둑 수염을 닮아서 도둑 같았다.

정세윤과 박서현 그리고 내가 잘 그린 것 같다.

나는 남자가 더 잘 하는 게 좋은데 여자가 더 잘하는 것 같다.

또 선긋기를 하는데 내가 자로 그으니까 박서현도 빌려 달라고 해 자로 그었다. 자로 그으니까 엄청 반듯하니 멋있었다.

화나다

기쁘다

슬프다

지루하다

윤채 팀과 아영 팀, 그리고 잇몸이 아파요

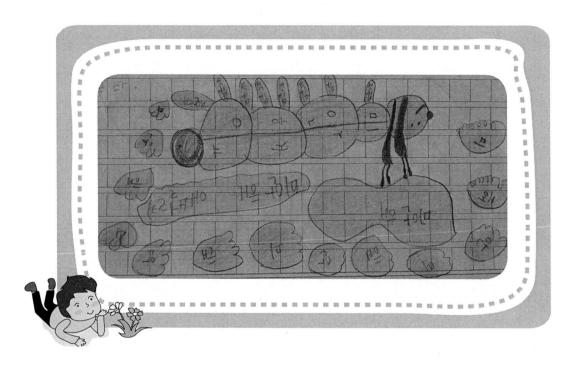

수학 시간에 수학 문제를 풀고 있는데 여자애들이 와서 자기 팀 해달라고 계속 말했다. 일단은 윤채 팀 한 다음 그 다음 아영이 팀을 했다.

왜 팀을 만들었을까 듣고 봤더니 둘이 갑자기 싸워서 윤채가 화해하자고 했는데 안 해서 팀을 만들었다고 했다. 듣고 보니까 윤채 팀 하는 것이 더 나은 것 같았다. 윤채는 자기 팀 했으니까 뭘 준다고 했다. 뭘 줄까?

내가 아영이라면 화해했을 텐데……. 밥 먹고 나서 좀비놀이를 했다.

내가 좀비였다. 그런데 현진이가 화장실 간다며 화장실에 숨었다.

내가 문 여니까 손으로 입을 찔렀다. 너무 아팠다. 별이 번쩍 했다.

현진이가 정말 나쁘다. 현진이가 미안해 말도 하지 않아서 더욱 나쁘다.

스파이더맨 팔

2교시 때 선우가 박미영을 때려서 두 번째 때릴 때 때리면서 필통 손이 뜯어졌다. 나는 너무 속상했다.

때리지 않았다면 스파이더맨 팔이 뜯어지지 않았을 텐데…….

선우처럼 나는 친구 필통을 부러뜨리지 않을 거다.

스파이더맨 필통 손이 뜯어져 어떻게 하든 물어내라고 했다.

선우하고 미영이가 정말 밉다. 앞으로 이런 일은 일어나지 않았으면 좋겠다.

선우와 미영이는 테이프와 풀로 하려고 했지만 테이프는 덕지덕지하고 풀은 금방 떼져서 안 된다고 했다.

본드로 붙인다고 했지만 엄마에게 실로 꿰매주라고 해야겠다고 했더니 미안하다고 사과했다.

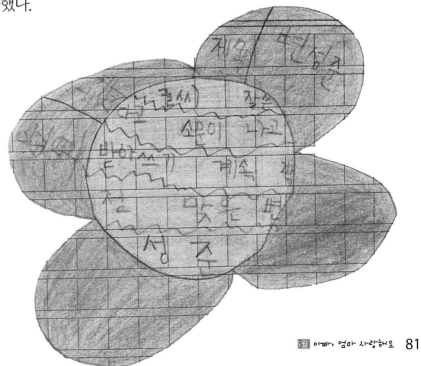

맛있는 자장면

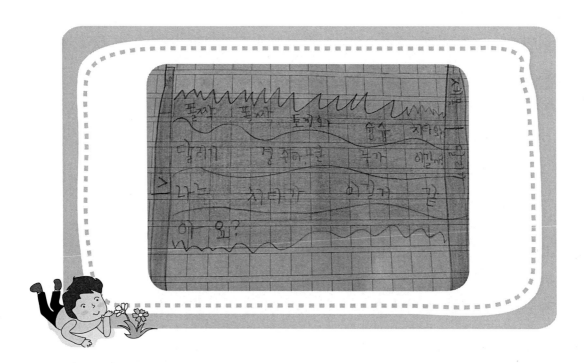

한자 시험을 보느라고 고생했다고 아빠가 망월동 옛날 손 자장면 집에 맛있는 자장면 먹으러 가자고 했다.

거기에서 손으로 손자장면 만드는 걸 구경했다.

처음에 탁탁 터는 것이 폭죽이 펑펑 터지는 줄 알았다.

그래서 자장면 집에서 왜 생일파티를 하나 했다.

손 자장면을 만드는데 두꺼운 면을 때리니까 면이 얇아졌다.

정말 맛있어서 2그릇 먹었다.

내가 먹어본 자장면 중에서 가장 맛있었다.

곤충 모형과 동물 모형 이름 지어주기

어제 엄마가 사준 모형 중에서 호랑이와 사자 이름을 지어줬다.

호랑이와 사자는 내 성을 따서 호랑이 이름은 변랑호 사자는 변털봉 이라고 지었다. 호랑이는 호랑을 거꾸로 해서 랑호 사자는 털이 있어서 털 그리고 봉은 내 별명인 '변석봉'이 봉으로 끝나서 털봉이라고 지었다.

이번엔 또 어떤 이름을 지어줄까?

요즘은 내가 곤충 모형과 동물 모형만 가지고 논다. 동물 모형과 곤충 모형을 가지고 노는 건 정말 신난다.

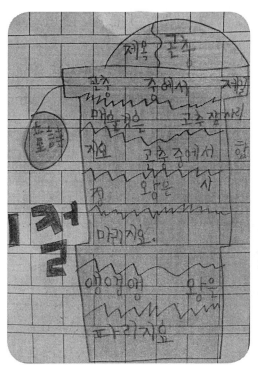

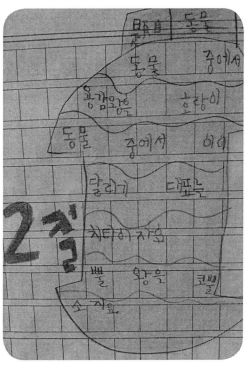

『골탕 먹은 호랑이』 책

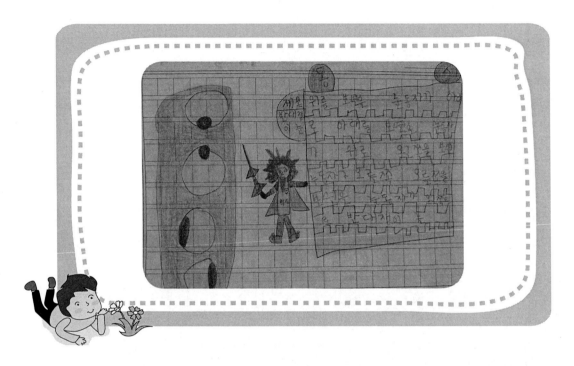

『골탕 먹은 호랑이』 책을 읽었다. 다람쥐가 호랑이에게 도토리 1000개를 빌려주고 금덩어리를 받았다. 그런데 그 금덩어리를 여우가 보더니 그냥 돌덩어리라고 가르쳐 주었다. 그렇지만 여우가 꾀를 내어 금덩어리를 잃어버렸다고 소문을 냈다. 그랬더니 호랑이가 도토리를 가지고 와서 도토리를 돌려줄 테니 금덩어리를 주라고 했다. 하지만 다람쥐가 내민 건 호랑이가 준 금덩어리였다. 호랑이는 자기가 맡겨둔 금덩어리를 보고 달아났다.

여우는 그런 방법으로 도토리를 찾아주었지만 나는 비슷한 방법으로 금덩어리를 잃어 버렸다고 소문을 낼 거다. 그리고 금덩어리를 주지 않고 찰흙덩어리에 금색 물감을 묻혀 줄 거다.

인성이의 생일파티

5시 30분에 인성이의 생일 파티에 갔다.

가기 전부터 가고 싶어서 계속 몇 시냐고 엄마에게 물어보았다.

처음으로 친구 생일 파티에 가서 정말 정말 기분이 좋았다.

인성이 집에서 닭 강정, 케이크, 전복, 떡볶이, 어묵, 김밥, 떡, 오렌지 주스를

돼지가 될 정도로 먹었다.

편지와 선물도 준비했다.

인성이 집에서 컴퓨터 게임도 하고 무슨 대결과 명탐정 코난을 봤다.

내 생일 때는 성준, 인성, 정민, 태균, 선생님을 초대할 거다.

초대장도 멋지게 만들어야지.

내 생일이 빨리 왔으면 좋겠다.

엄마는 서린이처럼 학교에서 하라고 했지만 신나게 놀려고 집에서 하고 싶다.

가족놀이 역할극

아침에 어제 하기로 한 가족역할놀이를 했다. 내가 할아버지를 하기로 했지만 친구들이 지수역할을 하라고 해서 지수인지 알았는데 역할놀이를 하려고 하니까 친구들이 할머니 역할을 안 하려고 했다.

친구들은 나에게 계속 할머니를 하라고 했다. 하지만 할아버지라면 모를까 할머니는 여자니까 안 하고 싶다.

그래서 너무너무 속상해서 울었다.

다음에 같은 역할 놀이를 한다면 서로 안 하려고 할 경우에는 묵찌빠로 정하면 좋겠다. 그리고 묵찌빠 로봇이 있으면 좋겠다.

로봇이 있으면 이길 수 있고 다른 사람의 속임수를 알 수 있기 때문이다.

바람과 햇살이 알맞게 그릇에 넣어 목요일을 만든다.

야구장

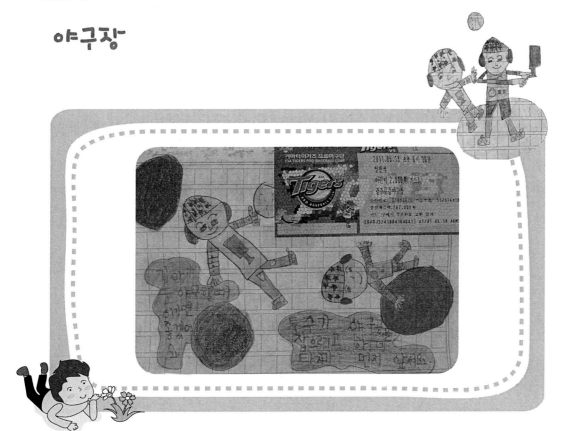

야구장에 갔다. 우리는 3루 쪽에 앉았다. 하지만 햇빛이 너무 많이 들어왔다. 내 생각엔 1루도 3루랑 마찬가지일 거고 2루와 홈이 잘 보이고 햇빛도 안 들어올 것 같다. 엄마가 선글라스를 사주셨다면 눈이 부시지 않았을 텐데…… 아니면 모자라도 준비해 갔더라면.

야구장에 도착하니 야구를 빨리 보고 싶었다. 다음에 야구장엔 갈 때는 망원경을 꼭 가져갈 거다. 망원경을 보면 선수들이 눈에 밴드를 하고 있는 것도 보일까? 내가 보니까 오늘은 김상현 선수가 제일 잘한 것 같다. 김상현 선수는 안타를 세 번이나 쳤다. 정말 정말 대단했다.

광주 도예 문화 센터

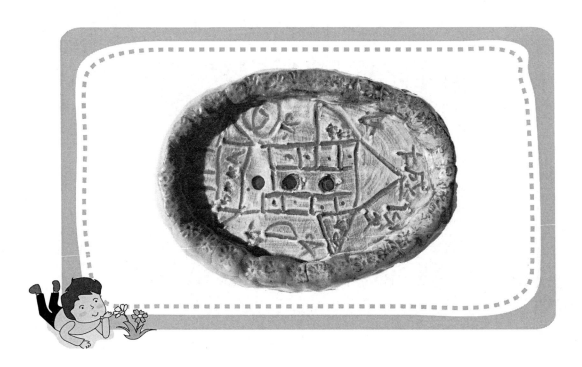

(1편)

오늘은 체험학습 가는 날이었다. 먼저 광주 문화 센터에서 비누 곽을 만들었다. 만드는 방법은 긴 동그라미에다 지렁이처럼 길쭉한 것을 테두리로 둘러싼 다음 새알을 빚어서 테두리를 둘러싼 위에 붙이고 구우면 완성.

(2편)

다음은 탁본을 했다. 탁본 중에서 건탁과 습탁이 있는데 우리 반은 습탁을 했다. 습탁을 하는 방법은 먼저 벽돌에 종이를 놓고 물을 뿌린다.

내 것은 통일 신라 시대 때의 연꽃무늬 모양이다.

그런데 이상한 게 먹물 통에 먹물 물은 없고 찍어서 하는 거였다.

앞으로 더 위대한 탁본이 만들어지길 바란다.

(3편)

소풍가서 선생님께 "한번만 사진기 빌려주세요." 라고 말하자 선생님께서
사진기를 빌려 주셨다. 형찬이가 사진 찍는 걸 도와줬다. 우리는 선생님과
형찬이와 나를 찍었다. 재미있는 것은 내 엉덩이도 찍었다는 거다.

(4편)

좀비 놀이도 했는데 1반이랑 같이 하니까 더욱 재미있었다.

그런데 좀비 놀이를 하다가 주현이가 다쳤다. 세상에 있는 친구들이 모두
하면 더욱 더 재미있겠지.

그 다음 '무궁화 꽃이 피었습니다.'를 했는데 내가 술래하고 싶어서 일부러
천천히 뛰었다. 그런데 서현이와 주현이가 그만 부딪혀서 울었다.

인우의 생일 파티

인우의 생일 파티에 초대를 받았다.

125동 앞에서 인우와 친구들을 만났다.

빕스가 신세계 앞에 있는지 몰랐다.

빕스에서 빵, 케이크, 수프, 콜라, 주스만 먹었다.

처음엔 콜라를 주스인지 알고 먹었는데 콜라였다.

맛있었지만 개미들이 내 혀에 주사를 콕콕 놓는 것 같았다.

벌레들은 혀가 되돌아오라고 마술 봉을 휘둘렀다.

놀이방에서 숨바꼭질을 했는데 놀이방에서만 하는 숨바꼭질은 재밌지 않았다.

그래서 인성이와 나는 1층에서 3층까지 술래가 되어 찾아보기로 했다.

정말 웃긴 건 엘리베이터를 타려고 올라가는 버튼을 눌렀다.

그런데 인성이와 만났는데 문이 열리자 문 닫힘 버튼을 누르고 3층으로 올라갔다. 다음에는 비상구로 대피해 봐야겠다.

그러면 친구들이 날 못 찾을 거다.

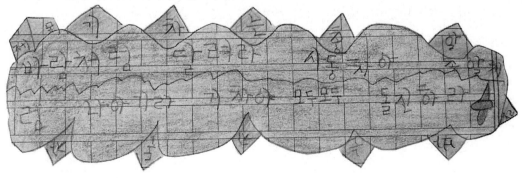

김학실의 추억 찾기

저녁에 수완지구 호수공원에서 '김학실의 추억 찾기' 라디오 공개방송을 했다.

공연은 7시 30분에 시작하는데 우리는 7시 45분에 도착했다.

갔는데 수천마리 개미들처럼 사람들이 많이 와 있었다.

앉을 자리가 없으니 땅을 탐험하는 자동차로 박차고 들어가서 보면 좋을 텐데.

다음에 이런 공연이 있을 때는 꼭 먹을 것, 의자, 깔고 앉을 것도 가져가야지.

그리고 늦게 하면 졸리니까 공개방송을 아침에 하면 좋겠다.

엄청 많은 사람들이 심수봉 할머니에게는 앵콜 앵콜 했다.

가수 이름은 우연이, 박현, 소리새, 심수봉, 장미, 류기진이다.

나는 우연이 가수가 추는 개다리 춤이 가장 기억에 남는다.

우연이 가수는 보기에 남자처럼 머리 모양을 했는데 여자였다.

우연이 가수가 노래하자 아줌마와 남자 아이가 일어나서 춤을 췄다.

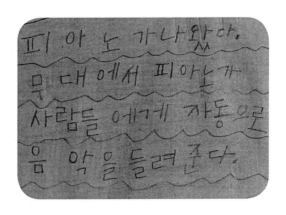

피아노가 나왔다. 무대에서 피아노가 사람들에게 자동으로 음악을 들려준다.

『컴퓨터 Why?』 책

『컴퓨터라는 Why?』 책을 읽었다. 제일 재미있었던 부분은 96쪽에서부터 104쪽이다. 내용은 용이 낸 컴퓨터 문제를 맞혀 대마왕과 바이러스를 쓰러 뜨리는 내용이다. 세계 최초 컴퓨터 이름은 바로 에니악이다.

옛날에 대포를 쏠 때 포탄 떨어질 자리를 미리 계산하는 게 어려워서 컴퓨터를 만들기 시작한 거라고 했다.

과학자가 되면 작게 만들고 버튼을 누르면 크게 되는 컴퓨터를 만들 거다. 물론 전기와 전선도 필요 없게 해야지. 티브이도 볼 수 있을 거야.

그럼 내 컴퓨터가 세계 최고 컴퓨터가 되는 거야.

젓가락질 대회

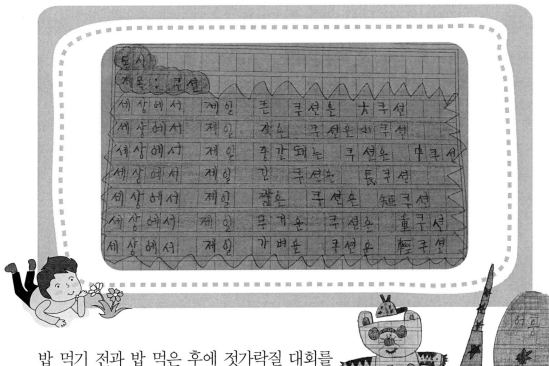

밥 먹기 전과 밥 먹은 후에 젓가락질 대회를
했다. 나는 밥 먹은 후에 했다.

1등 난 사람은 과자를 다 준다고 했다.

정세윤과 했는데 내가 졌다.

집에서 속상해 울었다. 정민이와 인성이는 올라갔는데 나만 떨어졌다.

젓가락도 떨어뜨리지 않고 과자도 떨어뜨리지 않았는데 8개 옮기고 세윤이
는 10개를 옮겨서 내가 졌다.

16명만 올라갔다. 내가 1등이었다면……

성준이의 간식 나누어주기

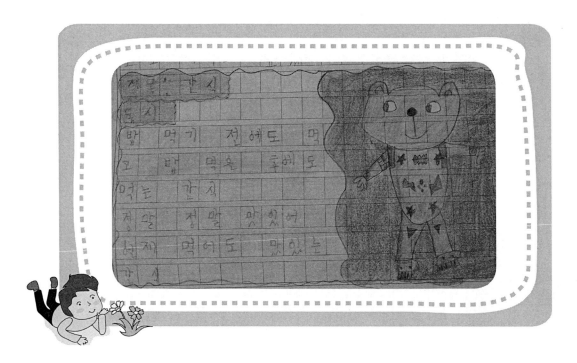

학교 갈 때 간식 때문에 엄마가 데려다 주셨다. 애들이 자꾸 뭐냐고 물어보기에 새우깡과 오렌지 주스라고 했다. 사실은 작은 플라스틱통에 오렌지와 씨 없는 포도인데 깜짝 놀라게 하려고 그랬다. 방송 끝날 시간에 선생님께서 간식을 나눠 주라고 해서 알았다고 했다.

그래서 임성완이 일부러 방송을 빨리 껐나 보다. 내가 나눠 주려고 했는데 애들이 자꾸 자기가 나눠 주려고 했다. 그래서 화를 냈다. 애들은 간식이 신기하다고 했다. 친구들은 포크를 모아 놨다. 남은 것은 2학년 1반과 1학년 1반 선생님을 갖다드렸다. 나는 2학년 1반 선생님에게 갖다 드렸다.

포도를 더 먹고 싶었는데 조금밖에 없었다.

내가 꾼 꿈 이야기

잠을 잤는데 꿈을 꿨다. 그 꿈 제목을 붙여 봤는데 '곰아 나 잡아 봐라'다.
꿈에 우리 가족은 기와집에 놀러갔다. 우리는 마당에 앉았다. 그런데 이상
하게 할머니들만 앉아있는 것이다. 무엇을 하고 놀까 생각하고 있는데 곰
이 담벼락으로 올라가서 지붕으로 올라가 뛰어내리려고 하는 것이다.

우리는 최강 속도로 차를 향해 달렸다. 그 다음 차를 타고 아까 왔던 골목
으로 갔다. 그러자 곰이 차를 쫓아왔다. 차에 붙어 있는 백미러에 있는 자
기 모습이 또 다른 곰 같아서 잡아먹으려고 온 것 같았다. 내가 용감했다
면 가죽으로 돈 벌고 곰 고기도 먹었을 텐데 이게 실제 일이었다면 얼마나
좋았을까? 아쉽다. 내가 커서 직접 실행해 봐야지.

백장대소 놀이터

6시에 인성이와 놀이터에서 만났다.

정민이는 왜 나오지 않았을까?

집에서 자전거를 가져가고 싶었는데 엄마가 안 된다고 하셔서 배드민턴과 축구공을 가지고 나갔다.

놀이터에 갔는데 안경 쓴 형이 배드민턴공이 필요하다고 다짜고짜 빼앗았다.

하지만 어떤 누나가 얘 거라며 다시 돌려 줬다.

나와 인성이는 처음에 배드민턴을 쳤는데 점수는 내가 5점 인성이는 2점이었다.

그 다음 축구를 했는데 형들이 몰려와 공을 차지해서 축구공을 가지고 못 놀았다.

그래서 인성이 이모가 형들에게 1학년 아이들 공이라고 돌려주라고 해서 인성이와 신나게 축구를 했다.

집에서 한 것보다 더 재미있었다.

그런데 갑자기 형아 들이 나무 위에 올라가는 것이다.

그래서 나도 한 번 따라 올라가 봤다.

하지만 계속 실패했다.

매번 친구들과 같이 놀면 좋겠다.

웃음 최고 디브이디, 개그달인 디브이디

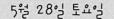

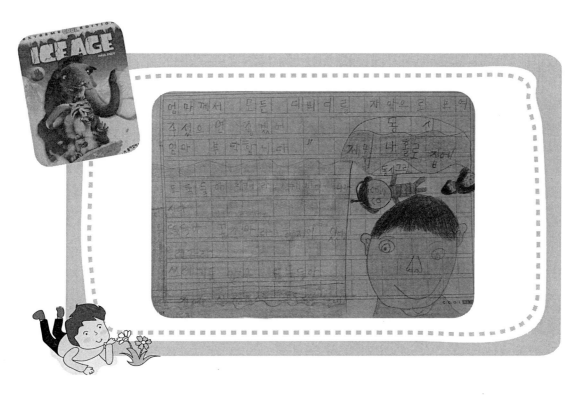

11시에 총알 택배로 디브이디가 도착했다. 정말 디브이디일까 설레는 마음으로 확인했더니 디브이디가 맞았다. 디브이디는 나 홀로 집에 4탄, 니코, 개미, 아이스 에이지 1탄과 2탄이다. 내가 제일 좋아하는 것은 나 홀로 집에4탄과 아이스 에이지 1탄, 아이스 에이지 2탄, 개미, 니코 순서다. 오늘은 아이스 에이즈 1탄을 봤다. 등장인물은 괴짜 털 복숭이 매니와 엉뚱한 나무늘보 시드, 검치 호랑이 디에고다. 또 다른 디브이디들은 무슨 내용일까 궁금하다. 아이스 에이지 1탄에서 왜 아기 로산을 데려갔을까?

한글자막이 아니어서 참 궁금하다. 엄마께서 모든 디브이디를 한글자막으로 보여 주셨으면 좋겠다. "엄마, 부탁합니다."

나 홀로 집에 편 변성준 기사

오늘 영화 소개는 "나 홀로 집에" 대해 말씀 드리겠습니다.

먼저 변성준 학생은 1탄과 2탄 디브이디는 무사히 샀지만 3탄은 엄마가 인터넷에 글을 올려서 겨우 구했습니다.

4탄은 그리 어렵게 구한 것 같지는 않습니다.

나 홀로 집에 1탄, 2탄, 3탄은 봤지만 4탄은 내일쯤 볼 것 같습니다.

변성준 씨 한 말씀 해주십시오.

"저는 5탄, 6탄이 나오면 꼭 볼 거고요. 못 보면 산타할아버지에게 5탄과 6탄을 선물로 받고 싶다고 할 것입니다."

제발 5탄과 6탄이 나오면 좋겠습니다.

"엄마, 5탄과 6탄이 나오면 꼭 구해주세요. 플리즈."

그리고 영화 만드는 사람들이 투자를 안 해서 못 만들면 제가 투자를 하겠습니다.

지금부터 나 홀로 집에 영화 내용에 대해 말씀 드리겠습니다.

1탄은 가족들이 여행을 떠나는데 케빈을 깜빡 잊고 데리고 가지 않았습니다. 하지만 케빈은 도둑을 골탕 먹이고 경찰에 신고까지 한 경찰 박사 케빈.

2탄은 가족들과 헤어져 뉴욕으로 여행을 떠난 케빈. 그렇지만 케빈은 큰아빠 집에서 도둑을 멋진 생각으로 혼내준 대박 박사 케빈.

3탄은 알렉스가 도둑들에게 수두를 걸리게 하고 따끔한 맛을 보여준 꾀박사 알렉스.

4탄은 케빈이 다시 돌아와서 반짝이는 아이디어로 함정을 만들어 도둑들에게 죽을 맛을 보여줄 거 같은 아이디어 박사 케빈.

이상 변성준 기자였습니다.

도미노 카드

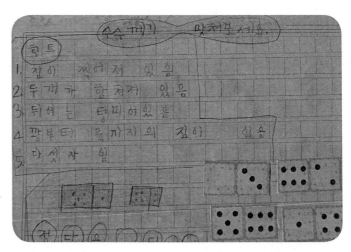

학교에서 수학시간에 도미노 카드에 대해 공부를 했다. 수학은 내가 제일 좋아하는 과목이다. 도미노 카드는 또 어떻게 공부하는지 궁금했다.

알고 봤더니 양쪽 점의 차가 무슨 수인지 찾는 방법이었다.

또 양쪽 점의 합이 무슨 수를 찾는 것도 했다.

재미있어 집에서 엄마와 했다. 합을 찾는 것은 엄마가 나보다 빨리 찾아서 졌다.

그런데 내가 재미있는 방법을 생각해냈다. 도미노 카드를 뒤집어서 고른 다음 합의 수가 크면 이기는 방법을 하기로 했다.

엄마와 예슬이랑 했는데 예슬이가 계속 이겼다.

저녁에 아빠랑 같이 할 거다. 과연 누가 이길까?

그리고 내일 선생님과 친구들에게 이 방법을 알려줘야지.

또 '1박2일'에 알려주면 복불복 게임할 때 할까?

인터넷 홈페이지에 올려놔야지.

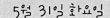

서랍은 테이프천국

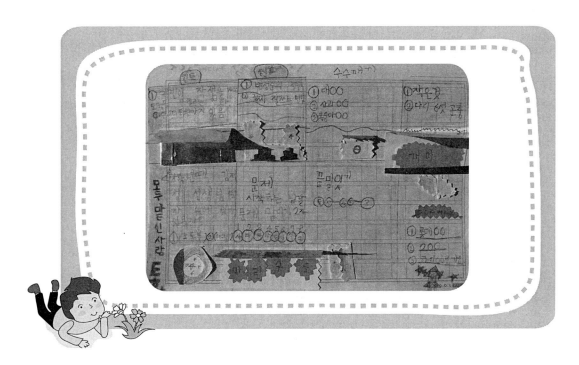

아침에 교실에 들어가서 자리에 책가방을 걸어놓자 마자 애들이 "너, 생일이야?" 하고 물어봤다. 내 생일은 7월 3일인데 무슨 소리인가 했다.

창현이는 나에게 "서랍을 한 번 열어봐." 이랬다.

그때 내가 상상도 못 할 일이 일어났다. 어휴~ 글쎄 애들이 내 서랍을 열지 못하게 테이프로 덕지덕지 붙여 놨다. 친구 서랍에 테이프를 붙이다니 말도 안 된다. 나라면 서랍에 테이프를 붙이지 않을 거다. 테이프 자국 때문에 책상이 지저분해지니까.

임성완은 10개 창현이는 8개를 붙였다. 다음부터 임성완과 창현이를 임성환 장난씨, 이창현 장난씨라고 부를 거다. 흥!

6월

학교 밖에서 배워요

최고의 놀이터

인성이 이모에게 오후에 전화가 왔다.

같이 놀이터에서 놀자는 거였다.

그래서 배드민턴과 축구공을 가지고 나갔다.

그런데 예전에 개구쟁이 형아가 와서 축구를 하자고 했다.

형아가 찬 공은 하느님을 펑 하고 맞췄다.

만약 축구공이 떨어지면서 구름도 함께 떨어졌으면 어떨까?

그랬다면 구름 빵을 먹었을 텐데.

그럼 나도 새처럼 훨훨 날 수 있었을 텐데. 아깝다.

그런데 개구쟁이 형아가 아기 팀 하기 싫은데 자꾸 아기 팀을 하라고 해서 속상했다.

김밥 천국에서 인성이 이모와 함께 밥을 먹고 놀이터 집 앞 주변에서 놀이를 했다.

경찰놀이와 달리기 시합을 했는데 경찰 놀이가 훨씬 재미있었다.

왜냐하면 달리기는 그냥 달리지만 경찰 놀이는 뛰어다니면서 인성이와 정미누나를 잡기 때문이다.

도둑은 내가 하고 경찰은 정미누나와 인성이가 했다.

나도 도둑하기 싫었는데 가위 바위 보를 해서 내가 졌기 때문에 도둑을 할 수밖에 없었다.

호랑이 가면이 나가신다. 이 호랑이는 고기란
고기는 다 먹겠다. 고기 빨리 내놔

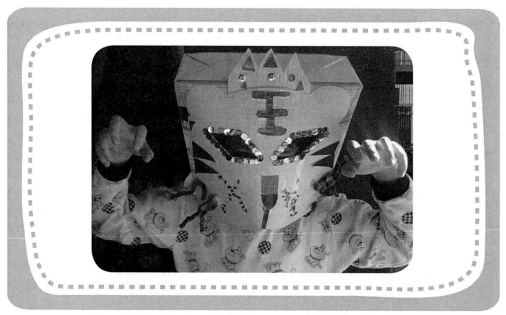

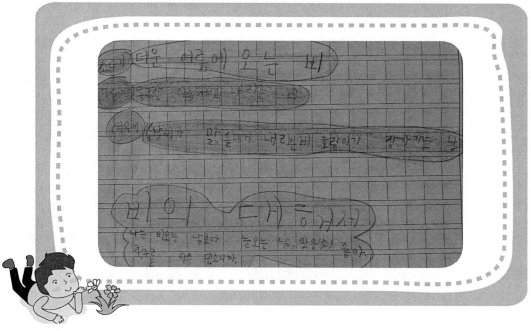

3교시 때 즐생을 했다.

그런데 가면을 다 못 만들어서 수학을 하지 않고 즐생을 4교시 때에도 했다.

즐생 시간에 동물 가면을 만들었다. 내가 선택한 것은 무서운 호랑이다.

호랑이 가면은 쇼핑백 위에다 벽지를 호랑이 얼굴을 오려서 붙였다.

집에서 엄마가 눈구멍을 뚫어주고 나는 눈 주위에 스팽글을 붙였다.

학교에서는 왕관 모양을 종이로 오려서 스팽글로 꾸몄다.

코는 종이를 코 모양으로 오려서 검은색 종이를 덧붙인 후 코 주변을 잘게
자른 종이를 붙여줬다.

그 다음 갈색 모루를 6개 살라 호랑이 수염으로 만들었다.

창현이는 내 호랑이 가면을 보고 대박이라고 했다.

다인이와 이성준은 핸드폰으로 사진을 찍고 저장했다.

다 완성된 호랑이 가면을 보니 진짜 호랑이처럼 느껴져서 좋았다.

내가 우주여행을 가면……

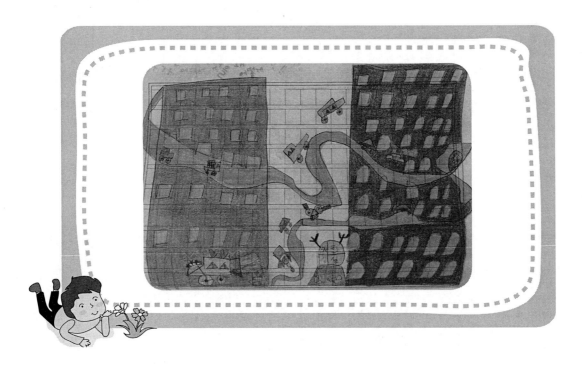

학교에서 선생님이 이렇게 말씀하셨다. 30년 뒤에 우주선을 탈 수 있을 것이다. 말이 안 되지만 맞을 수도 있고, 과학 기술이 발달해서 언젠가는 우주여행을 할 수 있다고도 하셨다. 선생님께서 이것도 말씀해 주셨다.

미래에 300층 아파트 아래 투명한 길이 있을거라고. 그런데 지금은 왜 그런 길이 없을까? 내가 과학자가 돼서 더 높은 층을 짓고 더 멋있는 길을 만들어야지. 그 길을 걸어보는 기분은 어떨까? 또 우주에 가면 몸이 둥둥 떠다녀서 재미있겠지. 마치 새 같을까? 우주여행을 빨리 가고 싶다. 기대된다.

천변은 놀이방

오늘은 학교 가는 토요일.

책을 읽다가 광주천에 있는 천변을 향하여 출발.

선생님께서 나에게 주스를 들고 가라고 심부름을 시키셨다.

주스가 무거운데 오르막길이어서 더 무겁게 느껴졌다.

친구들 도움을 받았지만 여전히 내가 많이 들었다.

도착해서 동물 경주를 했다.

어제 만든 가면을 쓰고 달리니 내가 동물이 된 것 같았다.

내 상대는 호랑이였다.

그 사람 정체는 백윤채.

나는 몸을 구부려서 양팔과 양 다리를 이용해서 네 발로 달렸다.

경주는 내가 이겼다.

비닐 속 음료수를 들었는데 손이 아팠다.

운동기구가 있는 데에서 진짜 재미있는 운동기구를 탔다.

이제 학교로 돌아갈 시간.

하지만 친구들이 오지 않아서 데리러 갔다.

자주 천변에 놀러 왔으면 좋겠다.

학교를 가는 길은 내려가는 길이어서 편했다.

수레가 하나 있어서 끌고 가면 편하겠다.

장미공원은 꽃집

아침에 장성군 삼계면 평림댐 장미공원으로 가족 소풍을 갔다.

우리 집에서 장성군까지 30분 거리다.

도착한 다음 여러 나라 장미꽃을 봤다.

장미꽃은 색깔이 다양하고 대왕 장미꽃과 미니 장미꽃이 있었다.

꽃 색깔은 빨강, 노랑, 분홍, 흰색, 보라, 주황색이 있었다.

그 다음 나무 아래 돗자리를 깔고 맛있는 도시락과 얼음같이 시원한 음료

수와 수박을 먹었다.

배드민턴과 축구공 그리고 동그란 거울 모양의 비눗방울을 가지고 놀았다.

비눗방울을 불자 주변에 있던 아이들이 좋아서 깡충깡충 뛰었다.

날씨가 너무 더워 세수를 하려고 계곡물이 흐르는 곳으로 갔다.

처음에는 차가워서 얼음처럼 꽁꽁 얼 것 같았는데 그 다음엔 익숙해졌다.

그런데 아빠는 아직도 물이 얕은 곳 위에서 덜덜 떨고 있으니 어떡할까?

여름에 다시 오면 입수해야지.

또 나는 이 계곡물을 물집이라고 불렀다.

여러 가지 장미꽃을 구경하는 것도 좋았지만 아빠와 함께 물집에서 누가

더 오랫동안 발을 담그고 있는지 내기 하는 게 가장 재미있었다.

아빠는 나처럼 무릎까지 담그지 않고 발목 깊이에서 했는데도 내기 이겼다.

음하하하하.

오늘은 참 재미있는 소풍이었다.

선생님 왜 물 속에 있는 바위는 미끌 미끌 미끄러워요?

풍암동에 있는 반짝 반짝 저주지에 가요

오후에 차를 타고 풍암 저수지에 갔다. 시간은 15분이 걸렸다. 도착해서 차를 주차시키고 뻥튀기를 사서 뻥튀기를 먹으며 걸었다. 호수 다리도 건넜는데 오리들과 거북, 물고기가 있어서 구경했다. 오리에게 간식으로 뻥튀기를 주었는데 안 먹고 가버렸다. 그 오리들은 뭘 먹을까? 오리가 제일 좋아하는 건 뭘까? 오리는 물속에서 소라나 작은 물고기를 먹겠지. 내가 오리였다면 무얼 먹고 뭐하고 놀았을까? 아마 수영장을 만들고 배를 만들어서 선장이 되지 않았을까? 낚싯대를 가져왔다면 오리와 거북을 잡아 우리 집에서 함께 살고 생선 백 마리를 가져와 물고기 파티를 열지 않았을까?

그러면 우리 집은 신기한 집으로 소문이 나서 부자가 되지 않았을까?

부자가 되면 오리와 거북에게 커다란 수영장을 하나씩 만들어 주었을 거야. 그래서 안방에 있는 욕조는 거북과 오리를 위해 멋지게 꾸며주고 공용 욕실에 욕조를 더 만들었을 거야.

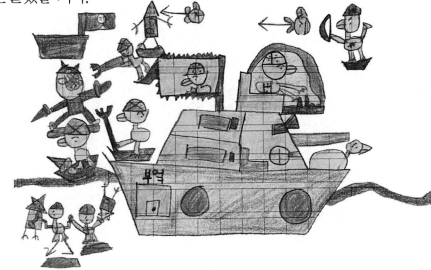

변성준은 상장 쟁이

선생님께서 2교시 때 나를 부르셨다. 그리고 이런 얘기를 하셨다.

"2교시 때 교장 선생님이 상장을 준다고 하니 방송실에 가자."고 하셨다.

그래서 친구들은 교실에서 방송을 보고 나는 방송실에 갔다.

방송실에 가니 방이 두 개로 나눠져 있었다. 앞방은 커다란 탁자와 의자가

있었고 뒷방은 여러 가지 기계들이 있었다. 방이 왜 나눠졌을까?

거기엔 3학년 1명, 2학년 2명이 있었고 1학년은 내가 있었다.

그리고 방송실 뒤에는 학생들이 구경하는 줄 알았는데 그렇지 않았다.

교장 선생님께 상장을 받을 때 다리가 떨렸다.

그래서 겨우 상장을 받았다. 1학년 전체에서는
나만 받았다.

방송이 끝나자마자 1학년 1반과 2반 교실에서
몇 명 아이들이 뛰어 나왔다.

그래서 내 둘레에서 상장을 구경했다.

나는 2학년 목표를 정했다. 부모님 일터 탐방
대상을 타기로.

그런데 유치원 그림 대회 때는 장학금 50만원과
상패를 받았는데 학교에서는 상장만 줬다.

책 선물

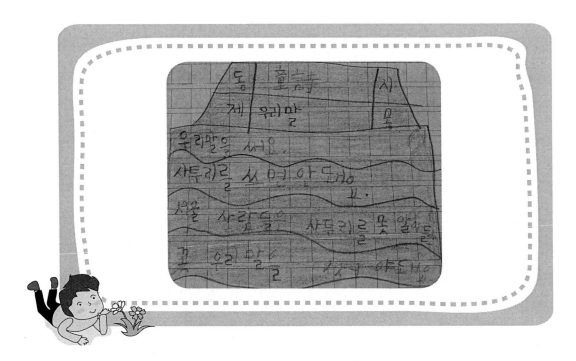

어제 상장을 받아서 엄마가 책을 선물로 주문했다.

상장을 받아서 정말 좋다.

왜냐하면 내가 원하는 책을 살 수 있기 때문이다.

책은 무등 도서관에서 『초등만화 맞춤법』을 빌렸는데 재미있어서 그걸 사기로 했다. 내가 무등 도서관에서 본 것은 맞춤법과 표준어 편인데 내가 산 것은 외래어편이다.

그런데 나는 김치에 있는 유산균을 보고 싶어서 현미경을 갖고 싶은데 엄마가 안 된다고 하셨다. 그래도 난 내일 택배로 올 책이 기대된다.

남생이 노래에 대한 율동

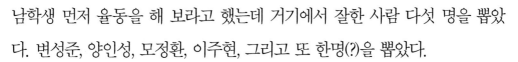

학교에서 '남생아 놀아라' 노래를 했다.

노래를 하면서 거기에 맞는 율동을 해야 된다.

남학생 먼저 율동을 해 보라고 했는데 거기에서 잘한 사람 다섯 명을 뽑았다. 변성준, 양인성, 모정환, 이주현, 그리고 또 한명(?)을 뽑았다.

나는 그냥 가만히 있었는데 왜 나를 뽑았을까?

다섯 명 중에서 세 명을 또 뽑았는데 변성준, 이주현, 양인성이 뽑혔다.

"하" 내가 왜 이렇게 인기가 많을까?

정세윤, 박다인, 박서현, 임성완 등 정말 많은 친구들이 손을 들어서 내가 1등이다. 난 그때 양손은 오른쪽 왼쪽 번갈아서 휘둘렀다.

이주현, 양인성은 엉덩이춤을 추고 눈동자를 흰자가 보이게 표정을 지었다. 귀신이 되고 싶어서 그랬을까? 그 다음 여자 애들 차례였는데 서린이와 서현이가 했다. 그 춤이 얼마나 웃기던지 나는 책상 의자에서 쓰러졌다.

그리고 여자 애들 모두 춤을 췄는데 아름이는 가만히 서 있었다.

군대 병사들처럼.

또 엉터리로 한 사람을 뽑았는데 서린이, 서현이, 심승연이가 이상한 춤을 춰서 뽑혔다. 귀신처럼 흐느적 흐느적. 정말 재밌었다.

계속 그런 이상한 춤을 췄으면 좋겠다.

모둠별로 퀴즈 맞추기

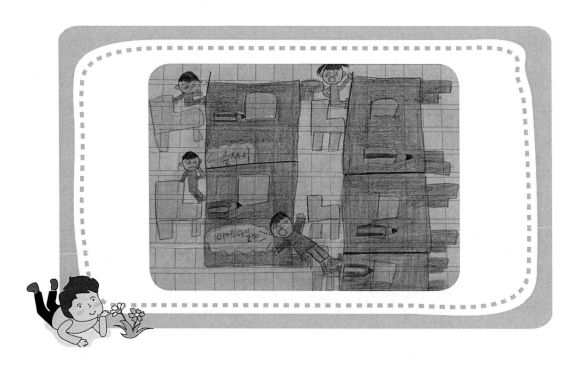

즐생 시간에 자리를 바꾸었다.

4명씩 조를 이루어서 앉았다.

나는 가운데 줄에서 왼쪽에 앉았다.

이렇게 앉는 것을 모둠별로 앉는 거라고 했다.

그 다음 퀴즈를 했다.

처음 퀴즈는 몸으로 말하기다.

세 명이 흉내를 내면 한 명이 맞춘다.

그런데 우리 조는 5명이어서 네 명이 흉내를 내면 한명이 맞춘다.

1조가 5문제를 다 맞췄는데 우리조도 1조처럼 5문제를 다 맞췄다.

너무 기분이 좋았다.

그래서 선생님께서 우리 조에 자석 다섯 개를 붙여주셨다.

나는 3조였는데 모정환, 정수현, 박석현 그리고 내가 문제를 내고 한수혁이

맞췄다. 한수혁은 천재다.

밥 먹고 나서는 모둠이 힘을 합쳐 맞히는 문제를 했는데 골든벨 퀴즈다.

힌트를 주면 4명이서 힘을 합쳐 모둠이 생각한 것을 적는다.

하지만 우리는 5명이어서 5명이 의논을 했다.

우리는 급식실에서도 자석 하나를 얻었다.

왜냐하면 바르게 앉아서 급식을 먹으면 자석을 얻을 수 있기 때문이다.

우리가 맞힌 문제는 1.치타, 3.물고기, 5.술, 6.향수다.

우리가 틀린 문제는 2번은 슈렉을 나뭇잎으로 착각해서 틀리고 4번은 바

람 7번은 한수혁이 유관순인데 유관수라고 써서 틀렸다.

자석이 제일 많은 조는 간식을 주는데 1조가 간식을 탔다.

억울했다. 우리도 잘했는데.

월요일은 곤충 골든 벨 퀴즈를 한다.

그때는 우리조가 꼭 간식을 타면 좋겠다.

월요일에 내가 곤충 책을 가져오기로 했다.

곡성 압록강 소풍

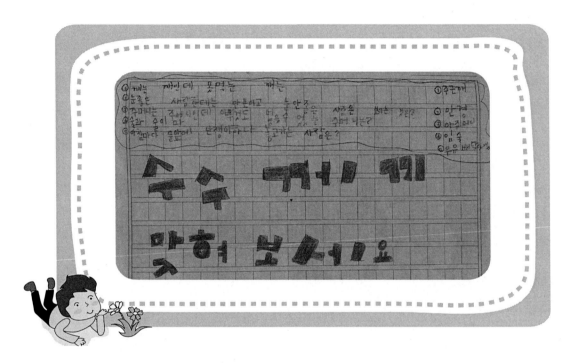

우리가족과 성진이 삼촌 가족이 곡성 압록강으로 소풍을 갔다.

물이 깨끗하였다. 그렇지만 오른쪽에 꽃가루가 조금 떨어져 있었다.

그늘진 곳에 파란색 돗자리를 깔고 그 위에다 놀부 돗자리와 푸 돗자리를 깔았다. 배가 고파서 삼촌이 준비한 삼겹살을 구워 먹었다. 정말 맛있어서 4그릇이나 먹었다. 소풍 와서 제일 맛있는 식사였다.

그 다음 후식으로 음료수와 빵, 수박을 먹고 공으로 경모 형아랑 찬이 누나와 축구를 했다. 또 계곡에서 종이컵으로 물고기와 소금쟁이를 잡으려고 했는데 안 잡혀 엄마에게 통 하나만 달라고 부탁했는데 엄마가 플라스틱 커피 통을 주셨다.

그것은 종이컵과 달리 모양이 더 멋지고 물이 닿아도 안 구겨진다.

나는 그 통으로 소금쟁이 큰 것을 잡았다. 엄마에게 자랑하려고 했는데 죽은 것 같았다. 그런데 아빠가 소금쟁이 한 마리를 잡아 주셨다.

그 다음 모두 돗자리에 앉아 아빠가 잡아주신 소금쟁이를 종이컵에 넣고 구경했다. 개미도 네 마리 추가로 넣었다. 개미와 소금쟁이가 밖으로 빠져 나가려고 했다.

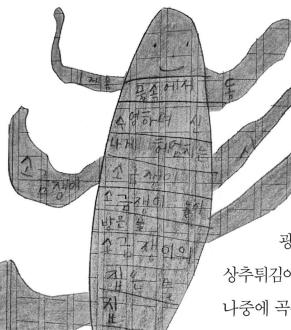

혹시 몰라 죽은 것 같았던 소금쟁이도 넣었는데 다행히 살아있었다.

신문지를 깔고 엄마 가방을 베개로 삼아서 신문지 이불을 덮고 누웠다.

엄마는 나에게 노숙자 같다고 했다.

천문대를 가고 싶었는데 못 가서 아쉬웠다.

광주에 와서 상추튀김을 먹었다. 웬일로 상추튀김이 맛있었다.

나중에 곡성 압록강으로 또 소풍 갔으면 좋겠다.

곤충나라

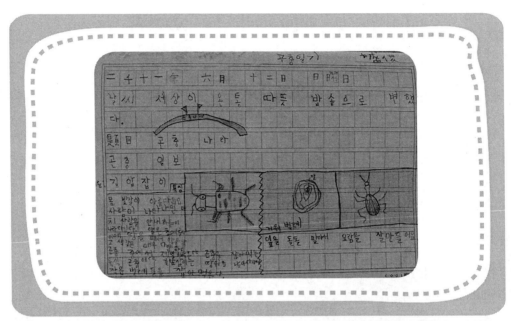

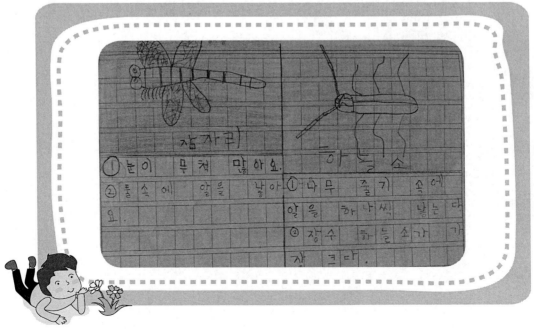

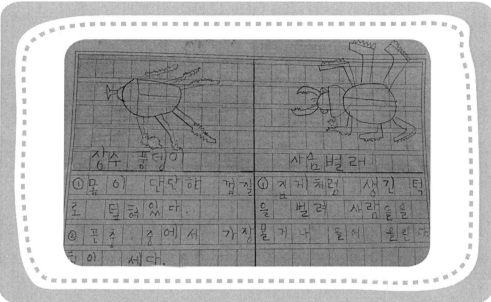

장수 풍뎅이

① 몸이 단단한 껍질로 덮혀있다.
② 곤충 중에서 가장 힘이 세다.

사슴벌레

① 집게처럼 생긴 턱을 벌려 사람들을 물거나 들어 올린다.

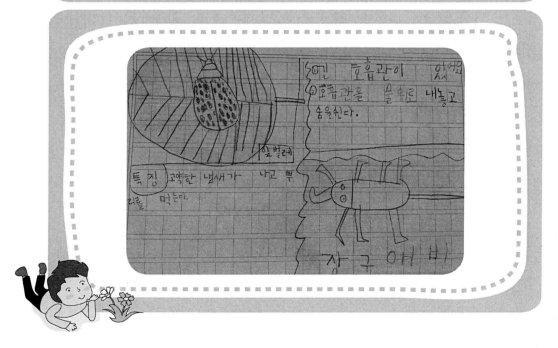

는 호흡관이 있어서
② 호흡관을 물위로 내놓고 숨을쉰다.

잎벌레

특징 고약한 냄새가 나고 뿌리를 먹는다.

장구애비

내 안내장이야!

오늘 내가 학교에서 안내장을 친구들에게 나눠줬다.

내가 분명히 안내장을 줬는데 은수가 안 줬다고 우겼다. 참 나쁘다.

또 교실 앞문에서 안내장이 없다고 은수가 실내화 가방으로 내 볼을 때렸다.

그리 아프지는 않았지만 화가 났다.

또 전아영이 안내장을 찾아준다는데 전아영도 때려서 전아영도 울었다.

은수를 혼내주는 혼내줘라 로봇이 있었으면 은수를 혼내줄 수 있었을 텐데.

그리고 안내장이 없으면 뭐든지 줘 로봇이 줘서 다시는 이런 일이 없었으면 좋겠다.

은수는 잊어씨다.

그래서 안내장도 잊어버렸다.

나는 이제부터 은수를 잊어씨라고 부를 거다.

아이들의 놀이 밥 놀이방

내가 할 일 하고 있을 때 채정민이 같이 놀자고
인터폰으로 전화가 왔다.

그래서 축구공 1개, 배드민턴 채 3개 , 배드민턴공 1개를 갖고 나갔다.

123동 놀이터로 나갔는데 정민이, 아영이, 인성이 이모, 정민이 이모가 와
계셨다. 인성이는 학원에 가서 아영이와 정민이랑 배드민턴을 쳤다.

여자팀, 남자팀으로 갈랐다. 채정민과 내가 같은 팀 전아영은 혼자 팀이다.
그런데 전아영이 빠지자 나 혼자 팀, 정민이 혼자 팀으로 나눴는데 내가 이
겼다. 그 다음 축구를 했다. 여자 2명, 남자는 4명이다.

그런데 축구를 잘하는 민승이 이모가 오니 훨씬 재미있었다.

내 배에 맞기도 했지만 내가 한 골을 넣었다. 곽민승은 혼자 3골이나 넣었
다. 그래서 남자5점 여자3점으로 남자팀이 이겼다. 그리고 김밥천국에서
밥을 먹고 또 축구를 했다.

기아는 정민이, 나, 인성이인데 형찬이와 형찬이 형도 나와서 기아 팀이 됐
다. 엘지는 모르는 형인데 이름은 오희성 형아다. 이렇게 해서 엘지다.

그 다음 경기를 시작했다. 4대 5로 우리 팀이 이겼다. 거기서 내가 두 골을
넣었다. 갈 시간이 됐는데 인성이가 술래잡기를 한번만 하자고 했다.

내 할 일을 도와주는 로봇이 있다면 매일 친구들과 재미있게 놀 수 있을
텐데.

학교는 공개 수업 집

학교에서 3교시 때 공개수업을 했다. 내가 아는 친구 엄마도 있었지만 모르는 친구 엄마가 더 많았다. 교장 선생님, 교감 선생님도 오셨다.

선생님께서는 교실창문 큰 것 두 개를 떼셨다.

그래서 의자에 못 앉은 친구 엄마들이 밖에서 창문 뗀 데를 통해 보았다.

그리고 학부모님들만 앉을 자리를 마련하고 교장 선생님이 앉을 자리와 교감선생님이 앉을 자리는 왜 마련하지 않았을까?

그리고 왜 공개수업은 한 학년 때 딱 한번만 할까? 공개수업을 매일 하면 어떻게 될까? 오늘은 공개수업 하는데 잘했다고 선생님께서 간식을 모두 줘서 기분이 좋았다. 아마 공개수업을 매일 하면 간식을 모두 다 매일 먹을 수 있을 것이다. 정말 그렇다면…….

매일 공개 수업을 하면 의자를 갖다 놓고 우리 엄마와 다른 엄마들이 매일 왔다 갔다 할 것 같다. 결국은 엄마와 친구 엄마들이 포기하고 공개수업을 한 명도 안 오겠지.

독후화 운문 대회에 변성준이 나가신다

오늘 엄마가 우연히 효광 초등학교 홈페이지에 들어갔는데 대회들이 있었다. 그 중에서 운문 대회와 독후화 대회를 한다고 했다. 그래서 먼저 독후화를 했다. 규칙은 교과서 국어책에 나와 있는 책이어야 한다.

나는 『떡시루 잡기』라는 책을 골랐다. 그래서 산에다 떡시루를 굴리고 호랑이가 떡시루를 쫓아가는데 떡이 떨어져서 그걸 두꺼비가 먹고 오는 장면을 그렸다. 그 이야기가 반대로 되면 산에서 떡시루를 굴리고 두꺼비가 쫓아가는데 흘린 떡을 호랑이가 주워 먹는 걸 그려야 될까? 그 다음 운문을 했다. 운문의 뜻은 동시다. 그것의 규칙은 여름에 관련 된 걸 동시로 써야 한다. 나는 동시 제목을 '즐거운 여행'이라고 지었다. 비행기를 타고 여행을 가는데 구름, 로봇, 해님, 달님, 별이 인사를 하는 내용이다. 조금 힘들었지만 혹시 상장을 받을 수 있으니까 기대한다.

나 반장 하고 싶어

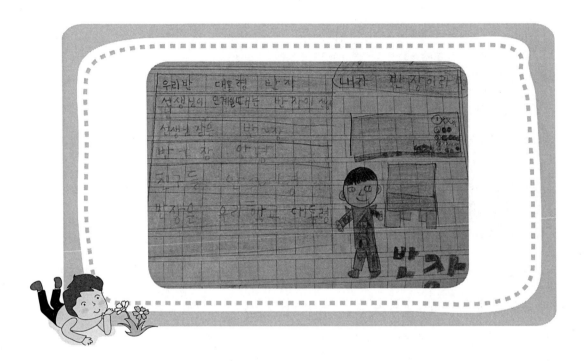

오늘은 3조가 동그라미 자석을 제일 많이 모아서 선생님께서 간식은 주지 않고 대신 반장을 뽑았다. 원래 내가 반장하기로 친구들과 이야기를 했는데 선생님께서 가위, 바위, 보로 정하라고 하셨다.

가위, 바위, 보로 정하지 않고 친구들이 정한 대로 했으면 좋았을 텐데. 그러면 내가 내일 반장을 할 수 있었을 것이다. 가위, 바위, 보를 했는데 내가 처음에 탈락했다. 내가 반장을 못해서 울었다. 그래서 한 번 더 기회를 줬는데 박석현이 보를 내서 이겼다.

내가 반장이 되면 동그라미 자석도 조정할 수 있고 가위표도 할 수 있다.

내가 가위, 바위, 보를 잘했다면…….

학교에서 동시, 그림 찾기

탐정

변성준

학교에서 그림이랑 시를 냈는데 원고지에 다시 써야 했다. 나는 그 시랑 똑같이 하려고 그걸 찾아도 되냐고 선생님께 물어봤다.

된다고 해서 정민이랑 같이 찾아봤다. 그래서 선생님께 내 그림 보았냐고 물어보니 5학년 3반 교실에 있다고 해서 갔는데 선생님이 안 계셔서 1층부터 3층까지 계속 왔다 갔다 해서 다리가 너무 아팠다.

다시 교실로 가서 전아영과 양인성을 데려와 5학년 3반 교실로 가서 다시 찾았다. 하지만 계속 찾아도 없었다.

그런데 5학년 3반 선생님께서 도서실에 있다는 걸 어떤 형이 가르쳐 주었다. 그래서 도서실에 갔더니 5학년 3반 선생님께서 탁자 위에 있다고 가져가라고 했다. 우리는 결국 찾아냈다. 힘든 운동이었다.

오늘 우리는 효광 초등학교 1학년 2반 탐정이 되었다. 나중에도 탐정이 되어 포기하지 않고 찾을 거다.

우리는 그렇게 30분을 돌아다녀서 결코 포기하지 않고 찾아낸 다음 교실로 돌아왔다.

예슬이의 생일

내일은 예슬이 생일이다.

하지만 아빠가 내일 회사일 때문에 늦게까지 일해야 해서 오늘 파티를 하기로 했다.

그래서 아빠는 케이크를 사러 신세계 백화점에 가셨다.

케이크는 하트 모양 딸기 케이크이다.

아빠께서 케이크를 사 오실 동안 우리는 집에서 기다렸다.

아빠가 케이크를 사 오시자 우리는 식탁에 케이크를 놓았다.

예슬이는 장미 깃털 고깔모자, 나는 반짝이 고깔모자를 쓰고 축하 노래를 불렀다.

그 다음 폭죽을 터뜨렸는데 내가 한 건 불량이고 엄마건 정상이었다.

그리고 아빠는 사진도 찍어주셨다.

예슬이 선물은 모자와 책이다.

내 생일 선물은 현미경으로 할 거다.

내 생일이 빨리 왔으면 좋겠다.

야호 내가 반장이다

오늘 다시 한 번 3조가 우승했다. 3조는 자석을 다섯 개나 모았다.

그래서 반장을 해 본 박석현은 빠지고 나, 정환이, 수혁이, 수현이가 가위,

바위, 보를 하는 대신 "반바퀴 반바퀴 알포세요."를 했다.

정환이와 수현이가 아래를 해서 탈락됐다. 수혁이와 나는 이제 가위, 바위,

보를 했는데 나는 주먹, 수혁이는 가위를 냈다.

반장이 되는 게 쉽지 않는데 내가 반장이 됐다. 내가 반장이 돼서 너무 너

무 기분이 좋았다. 매일 반장이 나면 좋겠다. 내가 6번째 반장이다.

또 내가 반장을 하고 싶은데 그 다음 반장은 누가 될까?

변성준은 반장

오늘은 내가 반장이었다. 반장은 무슨 조가 잘 했는지 조정한다.

조정은 가위표와 동그라미 자석으로 한다. 반장을 하니 너무 좋았다.

특히 가위표 자석을 조정하는 게 가장 재밌었다. 내가 매일 반장을 하면

좋겠다. 아침에 책을 읽지 않고 돌아다닌 친구들 조는 가위표를 했다.

그런데 우리조가 1등 났다. 오늘은 6조가 가위표가 제일 많아서 "교실에서

장난치지 않겠습니다."를 10번 쓰고 가야된다.

내일의 반장은 조준우다. 내일 또 우리조가 이기면 좋겠다.

간식은 내일 선생님께서 주신다고 했다. 반장은 정말 좋다.

색깔이 다양한 색종이 나비

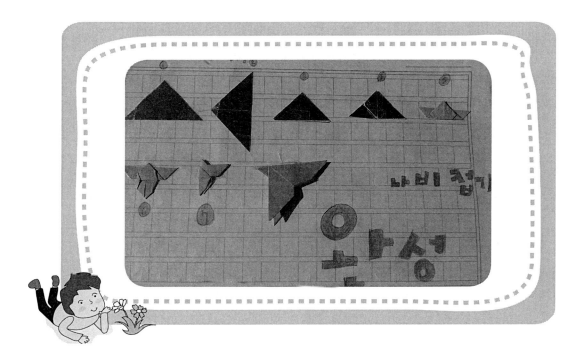

즐거운 생활 시간에 동그라미가 그려진 색종이로 나비를 접었다.

선생님께서 주신 색종이는 초록색 5장, 주황색 3장,

핑크색 1장, 빨간색 1장이다.

접는 방법은 이렇게 접는다.

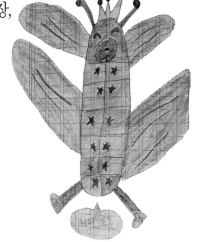

풀 그림 연습

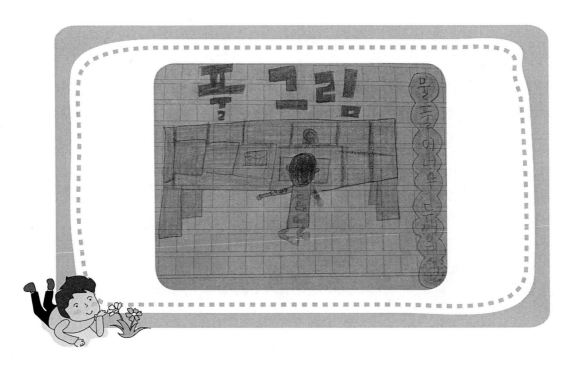

내일은 풀 그림 그리기를 하는 날이다. 선생님께서 집에서 연습해 오라고 하셨다. 나는 집에서 엄마와 함께 연습을 했다. 준비물은 팔레트, 물감, 물풀이다. 방법은 팔레트에 자기가 원하는 물감을 짠다. 그 다음 물풀을 물감에 문질러서 그린다. 그림을 다 그리면 그걸 말리면 완성.

나는 로켓 그림을 한 번 그려봤다. 또 물풀을 만져봤는데 미끌미끌 해서 내 손이 물풀 속으로 빨려 들어가는 느낌이었다. 그 다음 물감을 짜서 그림을 그려보고 손바닥을 찍어봤다. 손가락 사이에 동그라미들을 찍었다. 나무 모양처럼 되었다. 내일 학교에서는 더 멋지게 잘 해야지.

반짝 세상 그림

오늘은 풀 그림을 그려야 하는데 물감이 없어서 반짝이 풀로 그림을 그렸다.

먼저 색연필로 그림을 그리고 반짝이 풀로 색칠한다.

나는 로봇을 그리고 내 옆에 앉은 이창현은 에펠탑을 그렸다.

친구들은 사람을 많이 그렸다. 내가 그린 그림은 정말 멋있었다.

임성완, 이주현도 도와줬다.

그런데 애들이 반짝이 풀을 너무 많이 써서 다 쓴 분단도 있었다.

또 거기에 별 가루와 하트 가루가 있었는데 선생님께서 다 써도 된다고 하셔서 써봤다. 말려 놨으니 내일 학교에 오면 멋있는 그림이 있겠지.

우리 집 앞 소풍

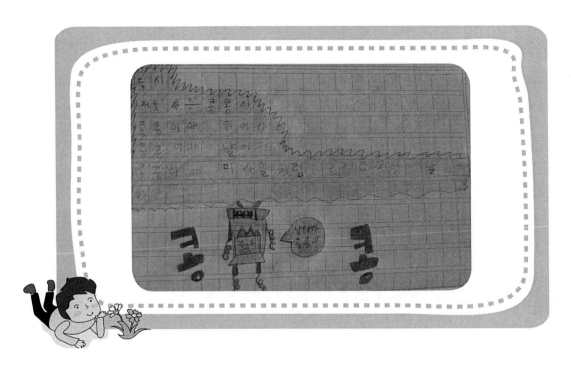

인성이가 인터폰으로 만나자고 해서 점심을 빨리 먹고 엄마와 동생보다 먼저 나갔다. 1층 필로피에서 배드민턴을 했다.

그런데 그만 배드민턴공이 천장 쪽으로 들어가서 배드민턴채를 가지고 점프해서 빼내려고 했는데 어떤 동생과 나, 인성이, 정미 누나, 인성이 이모 모두 실패했다. 엄마가 오시자 배드민턴공이 천장 쪽으로 날아가 버렸다고 말했다. 엄마도 개구리처럼 팔짝 뛰어서 해보더니 안 되겠다고 하시면서 이마트 가서 사준다고 했다. 점프 콩콩이가 있으면 좋았을 텐데.

그리고 엄마는 돗자리를 갖고 오셨다. 인성이가 팽이를 가지고 와서 팽이 시합도 했다. 비가 왔지만 참 신나는 하루였다.

우리 집 앞은 소풍 놀이방

집 앞으로 소풍을 갔다. 나는 먼저 놀이터로 나갔다.

거기에 인성이가 있었다. 그 다음 정미누나, 인성이 이모, 엄마가 왔다.

인성이와 나는 둘이 노는 게 심심해서 채정민을 불렀다.

함께 캐치볼을 했는데 웃긴 건 캐치볼이 천장에 붙어 배드민턴공으로 떼어

내려고 던졌는데 캐치볼이 내 얼굴에 떨어졌다.

모두 다 웃었다. 팽이 시합도 했는데 배드민턴공을 장해물로 하니 더욱 재

밌었다. 그런 다음 태균이와 형찬이를 부르려고 갔는데 집에 없었다.

그래서 관리사무소까지 가봤는데 못 찾아서 포기하고 왔다.

그 다음 트라이더를 탔다. 내가 탄 것 중에서 제일 재밌었다.

트라이더는 두 발을 오므렸다 폈다 해서 탄다.

이 중에서 팽이시합과 트라이더가 가장 재밌었다. 집 앞은 놀이방이다.

매일 놀면 좋겠다.

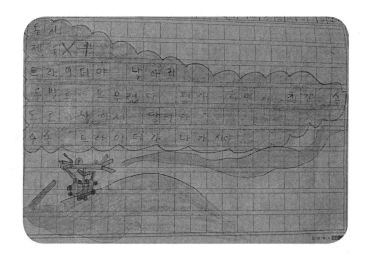

꿈속여행

상장 공부

오늘 국어 시간은 상장을 만들어서 다른 친구에게 주는 시간이었다.

나는 3명에서 4명 정도에게 받을 것 같았다.

그런데 상상도 못한 친구들이 상을 주었다.

처음에 이주현, 임성완, 김완태, 김태균이 주고 이제 안 주겠지 라고 생각

했는데

여자 친구 2명 박주향과 장서린이 나한테 상장을 줬다.

상상도 못할 일이다.

상장을 내가 제일 많이 받았다.

수수께끼: 6명에게 받았는데 한명이 나에게 상을 더 줬는데 누구일까?

1. 이성준　 2. 박석현　 3. 한수혁　 4. 심제민

정답은 3번

왜 나를 제일 많이 줬을까?

나는 임성완을 줬는데.

예상 로봇이 있으면 누가 나한테 상장을 줄 지 알 거다.

멋진 안경

오늘 즐생 시간에 안경을 만들었다. 먼저 안경이 그려져 있는 종이를 점선으로 접어서 뜯는다. 뜯을 때 조심해야 된다. 찢어지기 때문이다.

그 다음 물감, 크레파스, 색연필 등으로 안경을 색칠한다. 눈에 쓰면 끝.

그런데 갑자기 내 안경이 없어졌다. 어쩔 수 없이 선생님께 부탁해서 다른 즐생 책으로 안경을 만들었다. 그런데 접어서 뜯는 데 많이 찢어졌다.

찢어지지 않는 잘 찢는다 로봇이 있었으면 좋겠다. 찢어지지 않았으면 멋있었을 텐데. 안경을 완성하지 못해서 안경 쓰고 패션쇼는 못했다.

슥슥슥 빨리 해 로봇이 있었으면 패션쇼에 나갈 수 있었을 거다.

슥슥슥 빨리 해 로봇은 정말 빨리 할 거다. 다른 친구들은 안경을 잘 만들었을까? 2학년 때도 안경을 만들면 잘해야지. 2학년 안경은 어떤 모양일까 기대된다.

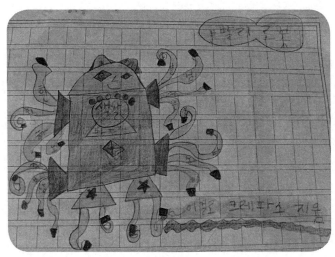

세상에서 제일 멋진 생일파티

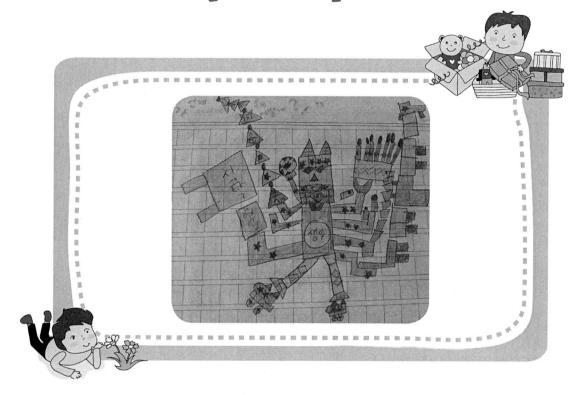

오늘 인성이, 정민이와 함께 생일파티를 했다. 내 생일에 친구들을 더 초대
했으면 좋았을 텐데. 그래도 즐거웠다.

나는 우리가 밤까지 노니 너무 좋았다.

인성이 정민이와 현미경으로 풍뎅이 날개, 나뭇잎 등을 관찰했다.

그 다음 치킨을 먹었다. 정말 맛있었다.

또 생일 축하 노래를 부르고 케이크를 먹었다. 오랜만에 먹어서 그런지 정
말 달콤하고 맛있었다. 이런 멋진 생일이 또 또 또 있으면.

생일 로봇이 있었으면 더 멋있었을 거다.

7월

여행을 다녀왔어요

놀이터 싫어요, 집이 좋아요

오늘 정민이랑 밖에서 놀았다.

그런데 놀이터는 놀이 감이 별로 없고 사람들이 많이 사용하지만 집은 우리만 사용하고 놀이 감도 많기 때문에 집이 더 좋았다.

그런데 집이 더워서 안 된다고 했다. 나는 집이 더 좋은데.

심심해서 정민이 집에 가서 놀이 감을 가져왔다.

트라이더와 자전거를 탔는데 트라이더도 재미없었다.

그래서 정민이 자전거를 빌려서 두 발 자전거 연습을 했다.

조금 어려웠다. 특히 페달 밟는 게 제일 어려웠다.

그 다음 다시 정민이 집에 가서 포도 주스로 얼린
아이스크림과 팽이를 가져왔다. 놀이터 놀이기구
에서 팽이를 떨어뜨리는 게 정말 재미있었다.

팽이가 통통 튀었다. 스프링 같았다.

그 다음 보리밥집에 가려고 트라이더를 타고 갔는
데 넘어졌다. 아팠다.

보리밥집에 도착해서 정민이가 팽이에 대한 사실
을 가르쳐 줬다.

나대신 할 일을 빨리 해주는 고양이가 있다면.

엘도라도에 자동차를 타고 갔다

차에 계속 있는 게 싫어서 몇 분만 있으면 도착 하냐고 계속 물어봤다.

겨우 겨우 자동차를 타고 엘도라도에 도착했다.

엘도라도에 짐을 푼 다음 밖으로 나가서 달팽이 1마리와 방아깨비를 많이

잡았다. 관찰했는데 메뚜기도 있었다.

엘도라도는 달팽이, 방아깨비, 메뚜기 천국이다.

바다에 가서 게를 봤다. 너무 빨라서 경주용 게 같았다.

나는 게 구멍을 많이 발견해 구멍을 봤는데 게는커녕 흙만 나왔다.

게 나빠. 바다에 갔다 와서 방아깨비를 관찰했다.

메뚜기, 여치, 방아깨비가 섞어져서 어떻게 구별해야 할지 몰랐다.

그 다음 짱뚱어 다리에 가서 짱뚱어를 봤다.

짱뚱어는 조금 큰 올챙이가 앞다리가 나온 것 같았다.

짱뚱어 집은 어딜까? 짱뚱어는 왜 물이 조금 있는 길로 잘 다닐까?

그 다음 소금 박물관에 갔는데 소금에 대한 게 많았다.

소금은 단단하고 하얗다. 크기는 여러 가지다.

소금으로 만들기를 하면 어떨까?

소금은 염전에 바닷물을 가져와서 증발시키면 소금이 된다.

방아깨비, 달팽이, 여치, 메뚜기를 집에 가져왔는데.

달팽이는 무슨 찐득찐득 한 게 있을까?

모두 다 살면 좋겠다. 최고로 제일 많이 살아남는 건 뭘까?

내 상상은 아마 달팽이. 누구일까? 이름도 지어줄까?

그런데 모두 같은 방아깨비, 같은 여치, 같은 달팽이, 같은 메뚜기여서 어떻게 구별하지. 특징이 뭔지 알면 그럴 수 있을 텐데.

그리고 뭐가 여치 뭐가 메뚜기 뭐가 방아깨비일까?

곤충 숙제가 있다면 저걸 관찰하면 숙제가 정말 쉬워지겠네.

난 달팽이, 방아깨비, 여치, 메뚜기가 정말 좋아.

곤충 관찰

밖에서 정민이와 방아깨비, 여치,
메뚜기, 달팽이를 관찰했다.
풀들이 조금 없는 것 같아서 오래
넣어줬다.
풀, 과일, 나뭇잎 등을 많이 넣어
줬더니 곤충 놀이터 같았다.

풀, 과일, 나뭇잎을 넣어줘서 곤충들은 살기 좋아졌을 것 같다.

그런데 달팽이가 먹이를 먹을까? 달팽이는 입과 이가 있을까?

곤충 로봇이 있으면 곤충도 잘 살고 곤충에 대한 섯도 물어볼 수 있을 텐데.

그리고 달팽이와 여치, 메뚜기, 방아깨비는 여기가 좋다고 생각할까?

짝짓기 하는 것도 한 번 보고 싶다. 언제 짝짓기를 할까?

알은 언제 낳을까? 여치, 메뚜기, 달팽이, 방아깨비는 뼈가 있을까?

그리고 달팽이가 똥을 쌌는데 검은색 똥이었다.

무엇을 먹어서 똥이 검을까? 달팽이는 당근을 먹으면 주황색 똥을 싸고 그
러는데. 달팽이는 왜 느릴까?

내일 엄마에게 상추를 주라고 해서 달팽이한테 주면 초록색 똥을 쌀까?

메뚜기 여치는 똥을 쌀까?

장화 신은 고양이 독후화, 편지

장화 신은 고양이는 고양이가 꾀를 써서 마왕을 칭찬하고 생쥐로 변할 때 잡아먹었다.

그 다음 왕과 막내가 오자 왕에게 마왕성이라고 말하는 대신 카라바후작 성이라고 말했다.

그래서 공주와 막내가 결혼해서 살았다는 이야기다.

〈편지〉

고양이에게

고양이야 너는 참 똑똑해.

어떻게 마왕을 생쥐로 변하게 해 잡아먹을 수 있니?

네가 삼킨 마왕은 어떻게 됐을까?

나도 너처럼 똑똑해지고 싶어.

반장

우리조가 1등 났다. 그래서 반장을 뽑았는데 나에게 친구들이 하라고 했다. 나는 반장을 또 할 수 있게 됐다.

민현이가 감기 걸려서 병원에 입원해 가위표를 별로 안 받았다. 민현이가 다른 학교로 전학 간다면 가위표를 안 받아서 매일 우승하고 나는 몇 번이나 반장 할 수 있게 됐을 것이다. 그래도 민현이가 빨리 나왔으면 좋겠다. 그런데 처음에 반장했던 것처럼 가위표를 많이 하지 말아야지. 내일은 어떤 분단이 우승할까? 그리고 반장 역할을 잘해야지.

내일이 빨리 오면 좋겠다. 아, 내일이 정말 기대된다.

나는 잠을 빨리 자서 빨리 일어나 학교 가서 반장 역할을 많이 해야지.

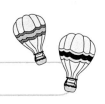

줄을 서게 하고 급식실로

오늘은 내가 반장. 그래서 선생님께서 나를 불러 친구들 줄을 서게 하고 급식실로 데리고 가라고 하셨다. 이 일은 정말 재밌었다. 왜냐하면 친구들을 줄 서게 하고 내가 앞장서서 갔기 때문이다. 그런데 친구들이 선생님이 줄을 서게 할 때처럼 서지 않고 먼저 줄을 서려고 서로 서로 밀쳤다. 나는 남학생이 다투는 걸 봐야 해서 여학생을 볼 수 없었다. 다투는 애는 형찬이, 제민이, 정환이가 먼저 서려고 다투었다. 그래도 선생님이랑 같이 줄을 서는 것보다는 빠른 것 같다. 계속 이런 일을 내가 하면 좋겠다. 그리고 선생님께서 줄서는 차례를 잊어버려서 친구들은 누가 먼저인지 몰라 싸우는 거다. 선생님께서 줄서는 이름표를 종이에 써서 가지고 다니면 될 거다.

썰매 만들기

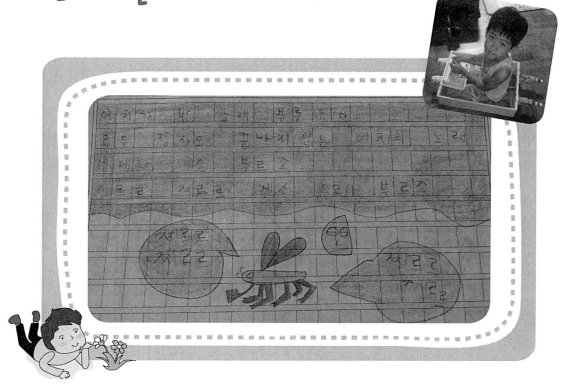

정민이와 같이 썰매를 만들었다. 둘 다 멋있었지만 정민이 것은 테이프가 덕지덕지 했다. 6시에 정민이랑 썰매를 가지고 놀아야지. 그때가 기대된다. 조정하는 것은 가짜지만 그냥 재미로 만들었다. 그것은 상자에 구멍을 뚫어 색연필을 꽂아 손으로 조정을 할 수 있게 했다. 앞에는 장식하려고 리본돼지 은딱지를 붙였다. 그 다음 불빛이 나는 걸 하기 위해 종이컵에 노란색 스티커를 붙여서 꾸몄다. 그걸 탄다면 어떻게 될까? 아, 기대된다.

그리고 가게에서 파는 썰매는 다른 사람이 생각해서 만들었지만 이것은 내가 생각해서 만든 것이기 때문에 더 좋다. 썰매 로봇이 있었으면 썰매가 더 잘 만들어졌을 텐데.

옥수수 껍질 벗기기

엄마가 옥수수를 쪄 주시려고 해서 내가 옥수수 껍질을 벗겨봤다.

옥수수 껍질은 거칠거칠했다.

그런데 옥수수 껍질은 벗겨도 벗겨도 계속 덮여 있었다.

아마도 벌레들이 자기를 갉아먹지 못하게 그런 것 같다.

그리고 수염도 있었는데 부드러웠다.

그 수염은 옥수수 알갱이를 보호해준다.

그리고 수염 하나에 옥수수 알갱이가 하나씩 생긴다고 했다.

이것은 아빠가 핸드폰으로 검색해 주셨다.

나는 옥수수에 대한 새로운 사실을 알았다.

그리고 옥수수는 곧게 자라야 하는데 집에서 키우는 것은 왜 옥수수가 곧지 않고 잎이 꺾어질까?

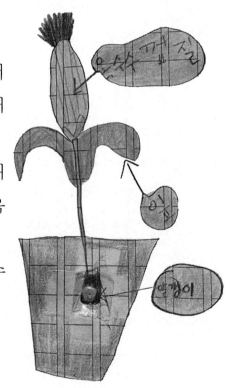

그리고 아빠는 세계에서 첫 번째로 많이 재배되는 것은 밀, 두 번째는 쌀, 세 번째가 바로 옥수수라고 했다.

옥수수에 대해 잘 안다 로봇이 있으면 옥수수에 대해 정말 많이 알 텐데.

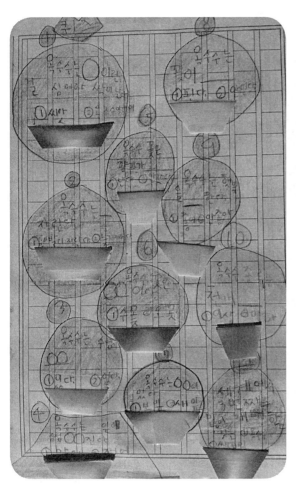

현미경 관찰 일기

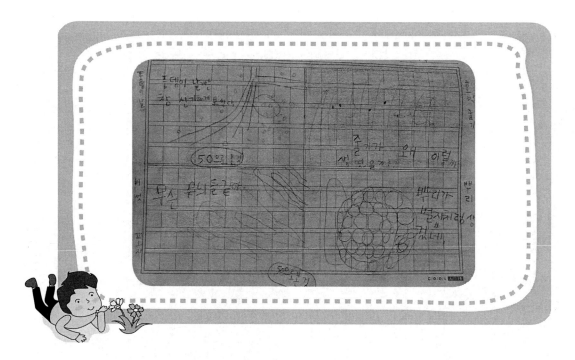

생일 때 받은 현미경으로 관찰을 했다. 현미경은 정말 신기하다.
어떻게 작은 물체를 크게 볼 수 있을까? 현미경의 구조는 어떻게 되어서 작은 물체를 크게 보게 할 수 있을까? 내가 산 현미경은 와이즈만 기프트다.
난 이런 현미경이 좋다. 작은 물체를 크게 볼 수 있고, 사진과 비디오를 찍어서 나중에도 볼 수 있다. 이 현미경으로 물고기 비닐과 꽃 등을 관찰하고 싶다. 얼마나 신기할까?
나도 관찰을 해봤다. 작은 글씨도 크게 보였다. 앞으로 더 많은 것을 관찰해야지. 현미경이 정말 좋아.

방송국 놀이에 필요한 카메라와 마이크 만들기

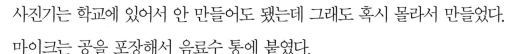

내일은 방송국 놀이를 하는 날이다.

나는 내일이 너무 기대된다.

선생님께서는 마이크를 만들어 오라고 하셨다.

사진기는 학교에 있어서 안 만들어도 됐는데 그래도 혹시 몰라서 만들었다.

마이크는 공을 포장해서 음료수 통에 붙였다.

마이크 선은 모루로 하고 음료수 통에 효광 방송국이라고 썼다.

카메라는 정사각형상자에 직사각형 상자를 붙였다.

그리고 상자를 포장지로 둘러쌌다.

그 다음 상자에 구멍을 뚫어서 손잡이를 넣었는데 포상시가 찢어졌다.

잘 만드는 만들기 로봇이 있었으면 좋겠다.

내가 로봇 만드는 공학자가 돼서 발명할 거다.

그리고 사진기에 버튼도 달았다.

정말 멋있었다. 내일 친구들이 멋있다고 할까?

내일이 기대된다.

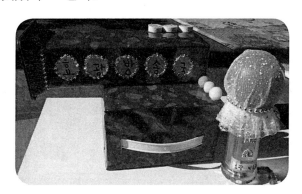

10고개 퀴즈

오늘 10고개 퀴즈를 해서 맞힌 모둠은 간식을 준다고 하셨다.

간식은 떡 4개, 빼빼로 2통이었다.

첫 번째 문제는 먹는 것이고, 누렇고, 껍질이 없다고 그랬다.

그런데 5조는 고구마라고 했고 나머지 모둠은 모두 바나나라고 했다.

그런데 다 틀렸다. 선생님께서 두 번째 문제를 내셨는데 작은 하수구로 흘러갈 수 있고, 하얗고, 만질 수 있고, 먹는 것이라고 했다.

우리 조는 물이라고 생각했는데 선생님께서 우유를 마셔서 준우가 그걸 봐서 얘기해주자 내가 우유라고 생각했다. 그런데 우유가 맞았다.

우리 조가 간식을 타서 참 좋았다.

으앙~ 수영장 갈래

오늘은 수영장 가는 날.

나는 너무 신났다.

그런데 수두에 걸려서 수영장에 못 가게 되었다.

어제는 튜브도 가져간다 했는데 학교까지 못 가다니.

나는 정말 억울했다.

수영장으로 견학을 가니 너무 기대됐는데. 못 갔다.

지금쯤 친구들은 재밌게 놀고 있겠지.

다른 날 아팠다면 좋은데 왜 하필이면 견학 갈 때 아플까?

차라리 무슨 광선을 쏴서 병을 고쳐주는 나아 로봇이 있다면.

그리고 물놀이 로봇이 있으면 물속에 계속 있을 수 있겠지.

수두

나는 수두에 걸려서 학교를 4일 동안 못 갔다.

처음에는 턱에 먼저 났는데 의심하지 않고 잤다.

그 다음 날은 소풍 가는 날.

턱에만 생겼는데 배에 빨갛게 콩알만 한 것이 9개

정도 났다.

그런데 아빠께서 어떻게 내 배를 봤지?

결국은 수영장에 못 갔다. 정말 슬펐다.

수요일과 목요일은 더 많이 났다.

수두에 칼라민 로션을 바르는데 아파서 몸부림을

쳤다.

그리고 수두는 대부분의 사람이 한 번만 걸린다.

하지만 두 번 걸린 사람도 있다.

또 빨갛게 뽈록 올라온 부분을 다치게 하면 여기서 피가 난다.

이렇게 터진 곳을 다른 사람이 만지면 감염되니 조심해야 한다.

그리고 심하면 머릿속, 입속에도 난다.

지금은 수두 예방주사를 두 번 맞는 것이 좋다.

수두는 정말 무서운 병이다.

먹으면 한 번에 낫는 약이 있으면 좋겠다.

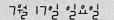

트로이 목마

"미다스 왕"을 읽고

황금의 손을 가진 미다스 왕 이야기는 그리스 로마 시대에 일어난 일이다.

술의 신 디오니소스의 스승 실레노스가 포도밭을 엉망으로 만들자 포도밭 주인이 미다스 왕에게 실레노스를 데려갔다. 왕이 실레노스를 잘 대접하자 디오니소스는 소원을 들어준다고 했다.

그래서 미다스 왕은 "내 손에 닿는 건 무엇이든 황금으로 변하게 해 주십시오."라고 했다.

그리고 미다스 왕이 나무를 만지자 황금으로 변했다.

미다스 왕은 너무 기뻐했다.

그런데 딸도 그만 황금으로 변하게 하고 말았다.

미다스 왕은 디오니소스에게 찾아가 울며불며 애원했다.

그러자 파크틀로스 강물에서 몸을 씻으라고 했다.

그래서 씻고 옆에 있는 나무를 만지니 금으로 변하지 않았다.

그 다음 미다스왕은 왕국을 떠나 고향으로 갔다.

황금으로 변하는 손이 있으면 사람도 황금으로 변하네.

사람만 황금으로 변하지 않는 손이 있으면 좋겠다.

여름 방학 계획표

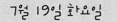

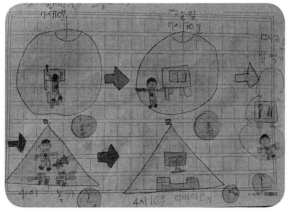

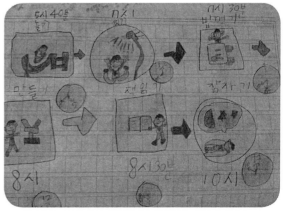

즐거운 목욕

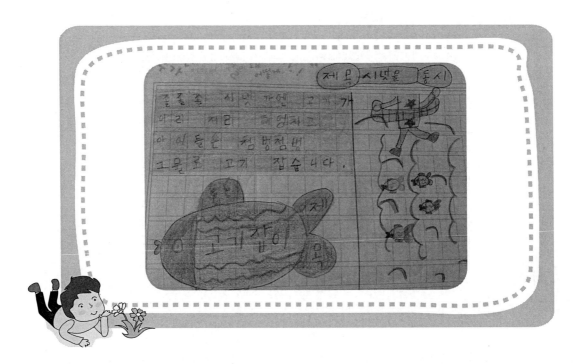

오늘은 목욕하는 날. 욕조에서 물총, 컵, 모자 컵, 긴 물총, 분무기를 가지고

놀았다. 수영을 하고 잠수도 세 번 했는데 너무 답답했다.

잠수는 싫다. 또 물총에 물을 담아 물속에서 쐈는데 물총을 쏜 느낌이 났다.

어떻게 물에서 물총을 쏠 수 있을까?

그런데 하마 물총이 갈라져서 움직였는데 갈라진 데에서 거품이 났다.

정말 신기했다. 또 포세이돈 놀이를 했다.

삼지창은 긴 물총으로 하고 바다를 휘저었다. 참 재밌었다.

매일 목욕을 하고 싶다.

땅 아래 괴물이 해를 동, 서, 남, 북에 하나씩 놓아서 너무 덥다.

핫케이크

오늘은 핫케이크를 만들어 먹기로 한 날.

먼저 그릇에 우유와 달걀을 섞었더니 연주황색이 되었다.

달걀은 노랗고 우유는 하얀데 어떻게 그렇게 될까? 신기하다.

그릇을 저으니 블랙홀, 소용돌이 같았다.

또 구웠는데 다 익으면 위에 거품이 난 게 양치질할 때 거품 같았다.

핫케이크를 프라이팬에 넣었는데 나는 바다 모양, 예슬이는 사과모양이었다.

나는 그대로 바다 모양이 되었지만 예슬이는 동그라미 모양으로 바뀌었다.

왜 그랬을까? 뭐든지 안다 로봇이 있다면 가르쳐줄 텐데.

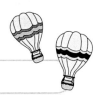

북극곰에게 편지

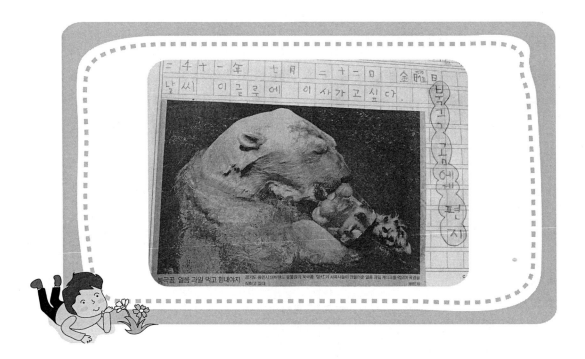

북극곰, 얼음 과일 먹고 힘내야지

북극곰아 안녕.

우리나라는 더운데 너는 북극에서 와 더 덥겠다.

나도 더워서 너처럼 얼음 과일 케이크를 먹고 싶어.

겨울이 되면 우리나라도 추울 거야.

동물원에는 에어컨이라도 있니?

그렇게 더우면 냉장고, 냉동실에 들어가 자든지 얼음을 안고 있어 봐.

그러면 너도 시원해질 거야.

변성준이 북극곰에게

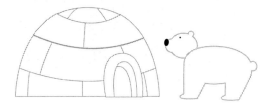

신라호텔로 출발

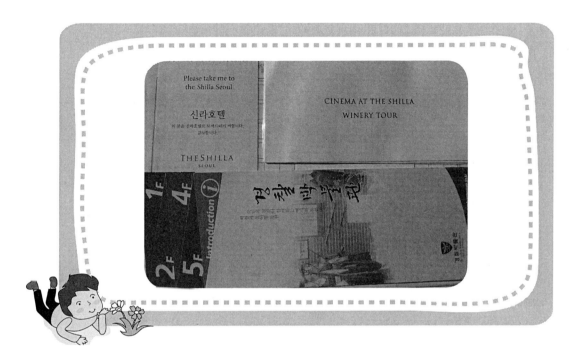

아침 7시에 일어나서 신라호텔로 출발했다.

신라호텔 가는데 경찰 박물관에 들렀다.

5층에서 금고를 보고 조선 시대 경찰, 6·25 전쟁 때 수색기관총을 사용한 것도 보고, 추모글도 남겼다.

그리고 4층에서 마약은 기분이 좋아지는 약인데 먹으면 몸에 안 좋다고 쓰여 있었다.

또 특수경찰 축소 디오라마를 봤는데 버튼을 누르면 경찰모형이 움직였다.

그 다음 2층에서 감옥 유치장에 들어가 봤는데 화장실도 너무 좁아서 불편했다.

수갑도 채워보고 내 지문이 무슨 모양인지 봤는데 소용돌이 와상문이었다.

1층에서 경찰복을 입고 경찰차에 타 봤다.

두 번째는 화폐 박물관에 갔다.

조금 찢어진 돈은 다시 돈으로 주지만 많이 찢어지면 찢어진 부분만큼만 돈으로 준다.

돈은 은성, 면섬유, 형광 색사로 만든다.

또 돋보기, 현미경으로 돈을 봐서 숨은 그림이나 선이 나오면 진짜 돈이다.

돈에는 숨은 그림, 앞면 뒷면 맞춤, 오판참상, 숨은 은선 등 다양했다.

그리고 내 얼굴이 나온 돈도 만들었다.

재미있었다.

돈에 대한 게임도 했다.

나는 2개 했는데 하나는 어렵고 또 다른 하나는 더 어려웠다.

또 낡은 돈으로 차량용 방진패드, 건물 바닥재를 만들 수 있다.

그 다음 신라 호텔에 가서 수영을 했다.

저녁에 호텔 정원에서 와인 파티를 했는데 어떤 맛인지 궁금해서 먹어봤더니 너무 썼다.

과학 전시관에서

아침에 일어나서 신라호텔 뷔페를 먹었다.

내가 좋아하는 과일, 빵 등을 듬뿍 먹었다.

정말 좋았다.

그 다음 수영장에서 놀았는데 비가 와서 많이

못 놀았다.

더 놀고 싶었는데.

비야 빨리 이사 가렴.

그 다음 과학 전시관에 가서 해시계, 물시계 등

장영실이 만든 발명품을 보고 메아리를 해 봤는데 정말 재미있었다.

또 올라가서 별자리를 보고 천문대로 가는 길에서 암석을 봤는데 그냥 돌

이랑 색깔이 틀렸다.

그런데 천문대는 문이 잠겨 있어서 작물원에서 여러 가지 식물을 구경했다.

그 다음 물놀이 체험마당에서 아르키메데스 펌프, 미로, 다람쥐 펌프, 물

종합장치, 물총놀이, 말상대 찾기를 했는데 미로가 가장 재미있었다.

미로에서 '안으로 들어가 보세요.' 가 있었는데 들어갔더니 내가 몇 명이나

됐다.

또 한강에 있는 모래에서 놀고 영석이 삼촌 집에서 지우랑 놀고 잤다.

LG생활연수원으로

오늘은 서울을 떠나 LG생활연수원으로 가는 날.
LG생활 연수원에 가기 전에 서울 국립박물관에 들러서 물레, 다듬이, 맷돌, 절굿공이, 갓을 써보았다.
그냥 갓은 가벼웠지만 거기에 있는 돌 갓은 너무 무거웠다. 그리고 다리미는 왜 이렇게 이상하게 커다란 숟가락 같은 곳에 불을 넣어서 다렸을까? 불편했겠다.
또 다듬이는 계속 두드리고 있어야 됐다. 참 손 아팠겠다.

커다란 연꽃 안에 들어가 봤는데 빙글 빙글 돌기도 하고 심청이가 된 것 같아 제일 재미있었다.

심 봉사 체험도 했는데 앞이 보이지 않아 이리 쿵 저리 쿵 하고 다녔다.

심 봉사는 앞이 안 보여서 얼마나 불편했을까?

그런데 어떻게 공양미 삼백석이 심 봉사의 눈을 뜨게 해줬을까?

참 궁금하다.

또 어디로 들어갔는데 봇짐 하나밖에 없었다.

그 다음 LG생활연수원에 가서 수영을 했는데 물에 빠지는 줄 알았다.

그리고 온천탕에 들어갔는데 너무 뜨거워서 내가 데워지는 줄 알았다.

미역 잡기

오늘은 바닷가 가는 날.

구산 해수욕장에서 자리를 잡고 바닷가에서 놀았다.

고기를 잡으려고 했는데 잘 도망가서 조개와 모래성

쌓으며 놀고 미역과 바다의 풀도 잡았다.

물 튀기며 놀고 수영도 했다.

또 점심으로 삼겹살도 먹었다.

바닷가에서 먹은 삼겹살은 정말 맛있었다.

그런데 너무 추워서 차에 있다가 나와 엄마는 바닷

가에 다시 가고 아빠와 예슬이는 차에 있었다.

나와 엄마는 저 멀리 가서 양동이에 미역을 가득 담았다.

그런데 미역이 집에서 본 미역국의 미역이 아니라 이상했다.

그게 돌미역이라고 한다는 걸 알고 예슬이를 불러 돌미역을 잡았다.

맛있게 요리해 먹어야지.

우리 집으로 돌아가다

오늘은 집으로 돌아가는 날.

집으로 돌아가기 전에 경주 첨성대에 갔다.

먼저 디지털 첨성대에서 첨성대 과정을 보고 별자리 퍼즐도 맞추었다. 정말 재미있었다.

조금 더 걸으니 첨성대가 보여서 얼른 뛰어갔다.

어, 그런데 첨성대에 들어 갈 수는 없고 그냥 보기만 해야 됐다. 정말 너무하다.

또 계림에 갔는데 문이 열려 있을것 같았지만 문이 잠겨 있어서 밖에서 구경해야 했다.

그리고 경주 국립 박물관에서 옛날 사람들이 사용한 것들을 봤다.

또 특별 전시관에서 우물에 빠진 동물 뼈와 아이 뼈를 봤다.

어린이 박물관에 가서 동화를 듣고 첨성대와 탑을 조각으로 모형 첨성대와 탑을 지었다.

그 다음은 불국사에 가서 모형 황금돼지를 봤는데 그건 복 돼지였다.

또 다보탑과 석가탑이 있었는데 무슨 뜻으로 그 탑을 세웠을까?

불국사를 다 구경하고 갔는데 나무가 흰색이었다.

이제는 집으로 향했다.

서울의 대 물 폭탄

여러분, 지금 서울에 비가 너무 많이 와서 도로가 물에 잠겼습니다.

앞으로는 하수구를 많이 만들어 물이 안 잠기게 합시다.

그 때문에 많은 차가 물에 잠기고 온통 집이 흙 범벅입니다.

올해도 비가 많이 와 차들은 잘 가지 못하고 주민들은 집에 흙을 파내느라 힘들어 하고 있습니다.

비는 대체 왜 이렇게 많이 오는 것일까요?

비를 먹는 기계를 만들어서 물난리가 나지 않게 하는 건 어떨까요?

무슨 방법이든 찾아 물난리를 막아봅시다.

닭갈비

저녁에 전대 후문으로 닭갈비를 먹으러 가기로 했다.

닭갈비를 주문하는 동안 벽에 써진 글을 보았다.

알고 보니 여기는 의자에 글을 남겨도 됐었다.

나는 이집트 군사와 고양이와 내 모습을 그리고 글도 남겼다.

그런데 거기에 보니 장군이 그려져 있었다.

살아 있는 것 같이 아주 잘 그렸다.

나도 이렇게 그릴 거다.

닭갈비를 먹었는데 너무 매웠다.

닭갈비를 왜 맵게 할까?

또 상가 구경하면서 소프트 아이스크림도 먹었다.

소프트 아이스크림은 입에 살살 녹았다.

그런데 난 사르르 녹는 크림이 좋고 바삭바삭한 과자는 싫었다.

아이스크림까지 먹었더니 너무 배불러서 배가 터지는 줄 알았다.

담양 병풍산 계곡에서

오늘은 계곡 가는 날.

장을 보고 가서 맛있는 삼겹살을 먹었다.

그리고 계곡에서 내가 물총으로 형아를 쏘고 형아는 발차기로 물을 튀기며 놀았다.

물에 둥둥 떠 있는 우유통과 양파 망을 발견해서 그걸로 낚싯대를 만들어 물고기를 잡았다.

잡는 방법은 물고기가 있을 만한 곳에 그물을 놓고 물고기가 들어오면 손으로 잡아 통에 넣는다.

또 소금쟁이도 있어서 내가 발견해 형아가 잡아줬다.

물놀이를 다 한 다음 라면도 먹었다.

시원하고 물고기도 많이 잡아서 정말 정말 좋았다.

나중에도 와서 물고기도 많이 잡고 놀아야지.

그런데 물고기가 쉽게 안 오던데 그 네 마리는 무엇 때문에 그물로 온 걸까?

또 그물 아래에 물고기가 많던데 왜 그럴까?

다음에 오면 그물에 먹을 걸 걸어서 물고기들이 많이 오게 해야지.

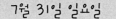

『무지개 물고기』 독후화

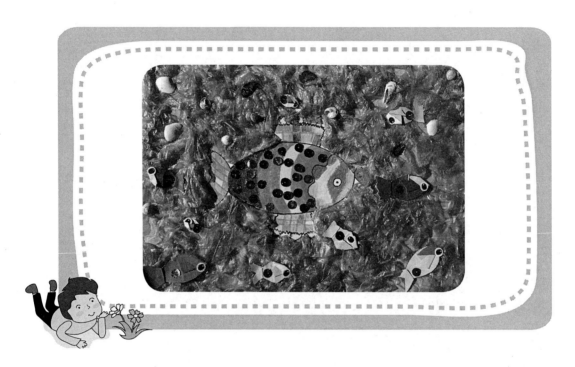

『무지개 물고기』라는 책을 읽고 독후화를 그렸다. 장면은 무지개 물고기가 다른 물고기에게 비닐을 하나씩 나누어 주는 걸로 정했다.

큰 도화지에 무지개 물고기를 커다랗게 그리고 물고기 안을 무지개 빛깔로 색칠했다. 또 스팽클로 무지개 물고기 비닐을 만들고 다른 물고기는 색종이로 접었다. 그 다음 바탕은 양면테이프로 붙여서 파란색 비닐을 붙였다. 비닐은 정말 넘실거리는 바다 같았다. 엄마가 주신 조개도 붙였더니 더 멋있었다. 이제 완성. 무지개 물고기 독후화는 정말 멋있었다.

또 물고기 비닐 스팽글은 별처럼 반짝반짝 빛났다.

8월
책과 놀았어요

자외선 차단 복

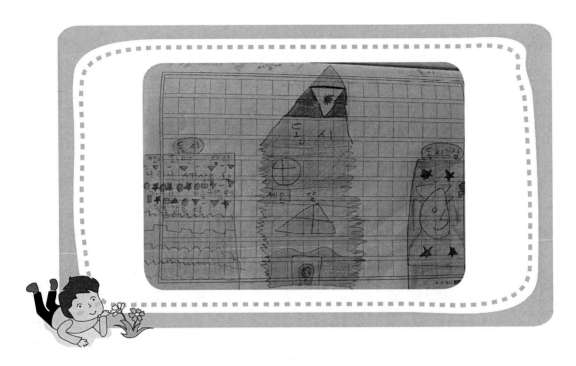

오늘 『유전자 혈액형 Why』 책을 읽었다. 그런데 색소성건피증에 걸려서 자외선 차단 복을 입는 걸 봤다. 색소성건피증은 햇빛이 닿으면 사망하는 병을 말한다. 그래서 나을 동안은 절대 밖에 나가지 않아야 한다. 하지만 방법이 하나 있는데 바로 자외선 차단 복을 입는 것이다. 그러면 덥지만 밖에 나갈 수는 있다. 자외선 차단복은 정말 불편할 거 같다. 밖에 나가려면 항상 그 옷을 입고 그 옷이 없으면 외출도 못 하잖아. 자외선 차단 복 말고 다른 방법이 없을까? 그 병을 없애는 음식이 있으면 되지 않을까? 그런데 자외선 차단복은 여름에 밖에서 너무 더울 것 같다. 또 다른 친구들이 놀리거나 이상한 눈으로 보지 않을까? 아무튼 색소성건피증은 너무 무서워.

전자 섬유 활동

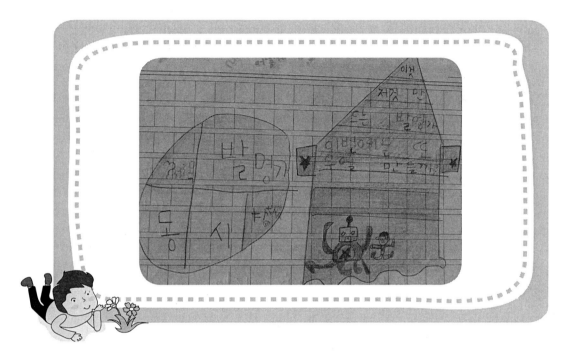

오늘은 『미래과학이란』 책을 읽었다. 그런데 신기한 건 전자 섬유의 활동이다. 옷이 있는데 그 옷은 내가 마음대로 내가 원하는 색상으로 바꿀 수 있다.

진짜 이 세상에 이런 옷이 있다면 얼마나 좋을까? 마음대로 색상을 바꿀 수 있는 옷이 이 세상에 있는 걸까? 없으면 내가 직접 만들어봐야지.

그런데 이런 멋있는 옷을 누가 생각했을까? 내가 이 옷이 있다면 무지개 색상으로 해주라고 해야지. 이 옷을 많이 만들어주는 외계인이 있으면 좋겠다. 내가 만날 이런 옷을 입을 수 있다면……. 그런데 이 옷들은 어떻게 전기를 통하게 하기만 하면 색상을 바꿀 수 있는 걸까?

고구마 줄기

고구마 줄기 껍질을 엄마가 벗기셔서 나도 한 번 벗겨보았다.

껍질이 미끌미끌 미역 같았다. 꼭 기름을 바른 것 같았다.

껍질을 벗기니 덩굴손 같았다. 왜 껍질을 벗기면 달팽이집처럼 되는 걸까?

신기하다. 잎은 우산으로 딱 좋을 것 같은데 구멍이 뚫려 있어서 비가 줄줄 새겠지. 그런데 벌레들은 왜 고구마 잎을 갉아 먹는 걸까?

벌레들아 맛있니? 맛있으면 나도 먹어볼까?

그런데 어떻게 고구마도 먹고 줄기도 먹을까.

고구마만 먹고 고구마 줄기를 안 먹는다면 음식물 쓰레기가 더 생길 거야.

1층에서 놀기

11시 30분에 밖에 나가서 인성이와 정민이, 정미 누나랑 다이아몬드 게임
을 했다. 정미 누나는 처음이라서 엄마가 들어가는 방법을 많이 가르쳐 줬
지만 끝내 내가 이겼다. 또 알까기를 정민이와 인성이랑 했는데 연속 내가
이겼다. 이번에는 정미 누나와 했다.

하지만 친구들이 정미 누나를 응원하는 거다. 누나는 손가락으로 밀어서
바둑알을 튕겨서 내가 졌다. 친구들이 누나만 응원해서 속상했다.

또 손가락으로 튕기면 더 잘 안 되는 것 같아 내가 불리한 것 같다.

햇빛 때문에 놀이터에서 놀이기구를 가지고 못 놀았다.

다음에는 햇빛이 안 비쳤으면 좋겠다.

봉숭아 물 들이기

봉숭아로봇

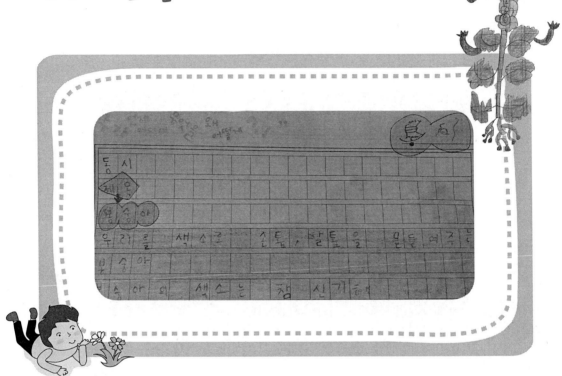

봉숭아 물들이는 날. 엄마와 인성이 이모가 학교에 가서 봉숭아를 따와 백반을 넣고 절굿공이로 콩콩 찧었다. 그런데 물도 없는데 어떻게 조각조각 갈라진 걸까? 참 신기하다. 그 다음 나, 정민이, 인성이, 정미 누나가 봉숭아를 물들였다. 그런데 콩콩콩 찧은 걸 그냥 올렸을 뿐인데 어떻게 주황색으로 물드는 걸까? 정말 정말 신기하다. 봉숭아는 어떤 성분으로 손톱을 물들이는 걸까? 봉숭아에 무슨 즙이 있는 걸까? 봉숭아 로봇이 있으면 봉숭아 물들이는 것도 해주고 궁금한 것도 알려줄 텐데.

"메가마인드"

드디어 "메가마인드" 보는 날.

운암동 영화마을에 가서 디브이디를 빌렸다.

내용은 처음에 메가마인드가 운명을 찾아 떠나 학교에 가서 최고 악당이 되기로 해 메가마인드는 어른이 되어 최고 악당이 되었다.

메가마인드는 메트로맨을 이기기 위해 노력해 화산폭발을 일으켜 뼈만 남게 했지만 그건 매트로맨이 속인 거였다.

그리고 메가마인드는 타이타니를 만들었다.

그런데 타이타니는 악당이 돼 도시를 파괴하자 메가마인드가 영웅이 돼서 타이타니를 무찌른다.

메가마인드는 영웅이 좋은데 왜 처음부터 슈퍼 악당이 되기를 원한 걸까?

그리고 메가마인드가 타이타니를 죽이지 못해서 그 힘을 빨아들이자 타이타니가 졌다.

어떻게 힘을 빨아들이는 총을 만든 걸까?

총이 없으면 도시가 파괴됐을 거야.

나도 메가마인드가 되고 싶다.

여러 가지 물감 그림

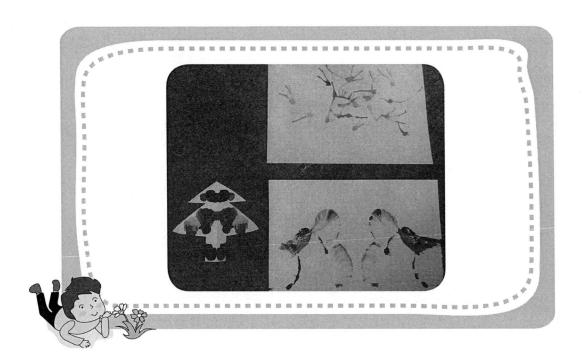

7강 방학생활의 물감으로 그리기를 했다. 첫 번째는 소나무 그림을 반만 그려 그걸 잘라 반으로 접힌 부분에 물감을 떨어뜨려 펼치면 양쪽에 물감이 쌍둥이처럼 똑같아진다. 두 번째는 도화지에 물감을 떨어뜨린다.

꼭 물과 섞어야 한다. 그 다음 빨대로 물감을 분다. 물이 많으면 더 잘 불어진다. 불면 동그랗던 모양이 이리 저리 가게 된다. 외계인 얼굴 같았다.

그 다음 세 번째는 실을 물감에 묻힌다. 물이 닿으면 안 된다. 그리고 그걸 반으로 접은 도화지에 놓고 실을 잡아 뺀다. 도화지를 펼치면 완성.

물감으로 이렇게 할 수 있는 게 많구나. 그런데 나는 실로 하는 게 가장 신기하다.

『개미굴 여행』 독후화

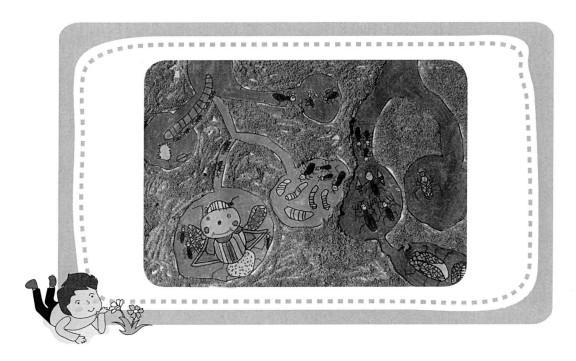

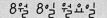

『개미굴 여행』이라는 책을 읽고 방학 숙제를 했다. 뭐냐 하면 개미굴 여행 독후화를 그리는 것이다. 장면은 땅 아래 개미들이 사는 집을 그렸다.

먼저 연필로 살살 그린 다음 사인펜으로 따라 그린다. 길로 방을 다양하게 분류한다. 방마다 개미를 그린다. 개미들을 여러 가지로 분류해 그린다.

다 그리면 여러 색깔로 색칠한다. 길도 색칠하면 더 멋있다.

흙이 있는 곳은 모래로 뿌리기로 했다. 진짜 모래를 붙여서 더 멋있고 진짜 개미굴 같았다. 그리고 모래는 반짝반짝 했다.

그런데 개미굴 안은 정말 이럴까?

중흥골드스파 리조트

첫째 날 밤에 중흥골드스파에 갔다.

밤에는 은지와 연수랑 재밌게 놀고 텔레비전으로 계백을 보고 잤다.

둘째 날 중흥골드스파에서 놀았다.

먼저 아쿠아 플레이어에서 해골바가지를 맞았다.

우박 같았고 안에서는 바늘 비가 오는 것 같았다.

이제 밖으로 나가 보았다.

첫 번째로 재밌었던 것은 토네이도다.

진짜 토네이도가 일어나는 것 같았고 아래에서 위로 쭉 올라가 내려오는 게 참 신기했다.

두 번째로 재밌었던 것은 레이싱 슬라이드다.

물고기가 되어 폭포를 슝 날아가는 것 같았다.

세 번째로 재밌었던 것은 아마존이다.

파도가 오면 펑 앞으로가 폭풍이 온 것 같았다.

나중에도 가면 꼭 포세이돈을 타야지.

바다의 신이 포세이돈인데 얼마나 재밌을까?

그리고 중흥골드스파는 내가 간 곳 중 제일 좋다.

중흥골드스파 최고.

미래

『미래과학 Why』책을 읽었는데 재미있던 부분은 뇌파 기술의 미래다.

자신이 꿈을 꾼다면 그걸 녹화해서 볼 수 있는 거다.

얼마나 좋을까?

자신이 꾼 꿈이 어떤 건지 알 수 있다니?

또 다른 사람의 꿈을 이야기로 듣지 않고 볼 수 있으면 참 좋겠다.

빨리 뇌파 기술 미래가 만들어졌으면.

내가 과학자가 돼 그것을 발명해야지.

가슴이 설렌다.

그런데 이게 쉬운 일일까?

지금부터 설계도를 짜볼까?

『불가능 없어씨』 독서 감상문

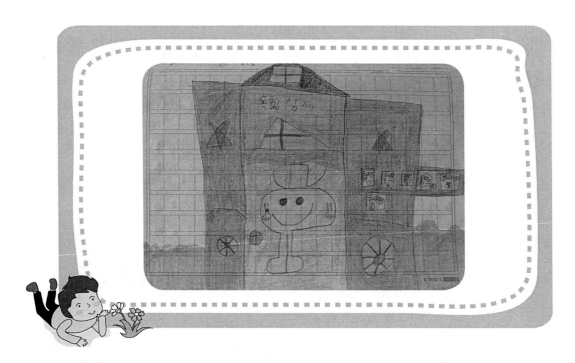

불가능없어씨에게

너는 어떻게 불가능한 일을 다 할 수 있니?

나도 너처럼 됐으면 정말 좋겠어. 내가 너처럼 된다면 마술사로 변해서 마술로 돈을 만들어 멋진 집도 짓고 내가 원하는 영화, 로봇도 살 거야.

그리고 내가 신처럼 죽지 않을 거야.

그러니 내 소원은 이제부터 불가능 없어씨가 되는 거야.

나는 과학자가 돼 열심히 불가능 없어씨가 되는 방법을 찾을 거야.

과연 성공할 수 있을까?

8월 13일 토요일   남극에서 살고 싶다.

『알라딘』 독서 감상문

자파에게

내가 너라도 요술 램프를 무척 갖고 싶었을 거야.

그런데 쇠똥구리를 맞추자 어떻게 돌로 만들어

진 호랑이 입이 벌려진 거야, 자파?

돌 호랑이 입에서 진흙 속의 보석 같은 사

람만 들어갈 수 있다고 했는데 무슨 뜻이

야, 자파?

나도 진흙 속의 보석 같은 사람이 되어서

램프 요정 지니에게 세 가지 소원을 말해야지.

또 알라딘은 들어갈 수 있다는데 알라딘이 무엇 때문에 들어갈 수 있다는

거야?

그런데 결국은 램프를 알라딘이 가졌잖아.

너는 아직도 램프에 갇혀 있니?

너는 나쁘고 지니는 착해서 반대로 된 거야.

네가 램프 요정 지니에게 불가능 없는 사람이 되게 해주라고 하면 되었잖아.

지금이라도 네가 한 잘못을 반성하길 바랄게.

내 바이크

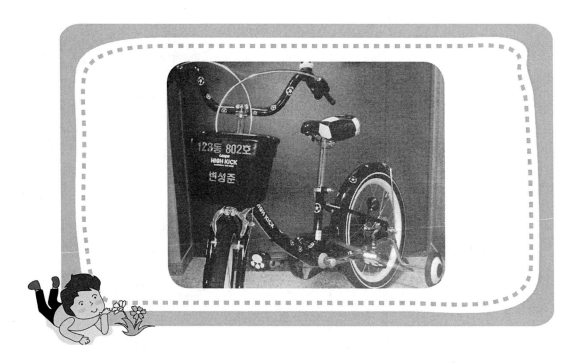

롯데마트에 자전거를 사러 갔다. 그런데 내 마음에 드는 바이크는 없고 색깔만 칠해진 바이크만 있었다. 그래서 자전거 가게인 삼천리에 갔다.

엄마는 얼룩말 무늬만 봤는데 내가 보니 멋진 축구공 바이크가 있었다.

정말 멋있는 축구공 바이크였다.

그 바이크는 내가 본 바이크 중 가장 멋있는 바이크였다.

그리고 밤이 되면 빛나는 게 있어서 밤에도 문제없겠다.

이제 걸어 다니지 않아도 되니 정말 편하다. 매일 아침 일찍 일어나 아빠랑 운동해야지.

8월 15일 월요일　　내 몸이 땀들의 집이 됐다.

양동시장까지 운동

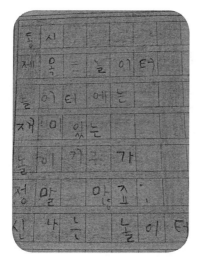

어제 산 자전거로 아침을 먹고 아빠와 함께 운동을 했다.

목표는 이 편한 세상 아파트에서 양동시장까지.

출발해서 얼마 안 되자 오리 부리와 오리 발을 봤다.

그런데 오르막길만 있고 내리막길이 없어서 참 힘들었다.

그리고 몇 분이 더 지나자 마침내 양동시장에 도착해 유턴 한 다음 다시 왔는데 새가 어떤 자고 있는 사람 옆에서 계속 왔다 갔다 하는 것을 봤다.

그리고 천둥오리도 봤는데 여러 색의 깃털이 있고 머리가 초록색이었다.

또 책에서만 봤던 왜가리도 봤다.

운동이 힘들어 다리 아프고 똥꼬가 쑤셨지만 많은 새를 봤다.

『장화신은 고양이』 독후화

『장화신은 고양이』독후화를 했다. 방법은 연하게 연필로 마왕, 성, 고양이, 나무 등을 그린다. 사인펜으로 따라서 그린다. 색칠을 한다.

칸을 나눠서 여러 색깔을 칠하면 더 멋있다. 나는 네모 칸과 동그라미 칸을 나누어서 색을 칠했다. 정말 멋있었다.

마지막은 구름을 푹신 푹신한 솜으로 꾸미고 색종이를 긴네모로 자른 다음 연필로 돌돌 말아서 수염을 꾸몄다. 나는 해님 꾸미는 것을 잘했다고 생각한다. 특별히 해님 얼굴에 썬 글라스를 씌우고 손에 부채를 들게 했기 때문이다. 이번에 꾸민 것은 정말 멋있다.

두발 자전거를 탔다

놀이터에서 정민이 자전거를 빌려 탔다.

나 혼자서 탔는데 저절로 타졌다.

두 발 자전거는 예전에 하루 동안 연습하고 오늘 했는데 어떻게 타진 걸까?

두 발 자전거를 타보니 진짜 쉬웠다.

넘어지지 않고 기우뚱 기우뚱 옆으로 왔다 갔다 했다.

놀이기구가 없는 데에서 탔다면 더 연습이 잘 됐을 텐데.

그런데 어떻게 하루만 연습했는데 된 것일까?

이제 비틀거리지 않고 빨리 지나갈 수 있겠다.

내가 두 발 자전거를 혼자 연습해서 탈수 있게 되어 정말 좋다.

로봇 만들기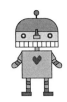

멋진 지니 로봇 완성.

팔은 철사를 이용해 움직이게 했고 손은 장갑으로 하고 장갑을 누르면 삑삑 소리 나게 했다.

또 얼굴 위는 샴푸 펌프로 하였다.

목도 돌아가게 해서 정말 멋진 로봇이 됐다.

이름은 알라딘을 읽다가 요정 지니가 소원을 들어주어서 지니로 하였다.

로봇에게 딱 어울리는 이름이었다.

꾸미는 것은 은색 래커를 뿌리고 금색 목걸이에 지니 생일, 이름, 만든 사람도 썼다.

내가 본 로봇 중 가장 멋있었다.

몸통 앞은 컴퓨터 박스로 하고 등은 오톨도톨한 계란 판으로 했다.

그리고 페트병에 모래를 조금 넣었는데 로봇이 균형이 안 맞아 모래를 더 넣었더니 균형이 맞았다.

앞으로 균형을 잘 잡아야겠다.

신발은 화장지 상자를 신발 모양처럼 잘라 꾸몄다.

선생님께서 과연 뭐라고 말씀하실까?

기대된다.

『에밀레종』 독서록

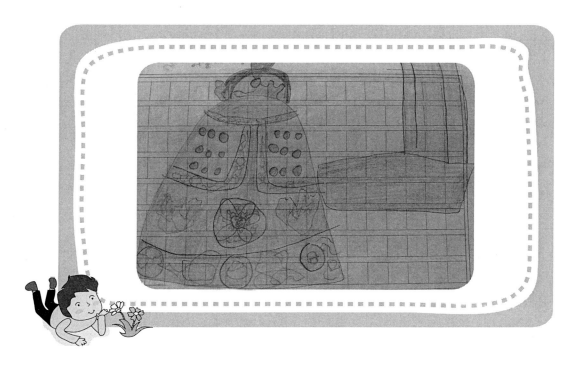

에밀레종에게

너는 정말 아름다운 소리를 내니? 아이를 녹여 만들었으니 더 아름다운 소리를 내겠지. 그런데 아무리 너를 만든다 해도 어떻게 아이를 녹여 만들 수 있을까? 아직도 너 안엔 그 아이의 영혼이 있니?

그런데 너는 아이의 무엇 때문에 그렇게 아름다운 소리를 내니? 참 궁금해. 나는 과학자가 돼 아이의 무엇 때문에 아름다운 소리를 내는 지 찾아볼 거야.

변성준이.

장흥 할아버지 생신

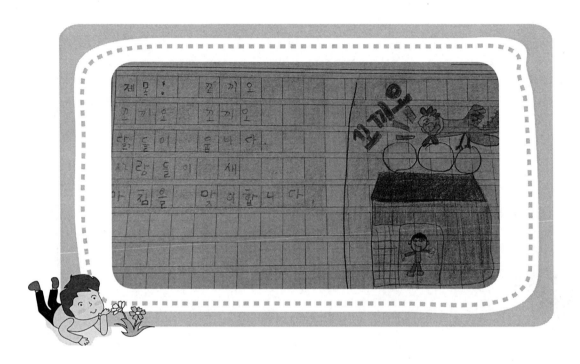

외할아버지 생신이어서 장흥에 갔다. 가서 은지, 연수, 예슬이와 이불로 미 끄럼틀을 만들고 신나게 놀았다. 그리고 점심에 불고기를 먹었다.

조금 매콤하지만 맛있었다.

무서운 괴물 놀이도 했다. 내가 괴물이고 은지와 예슬이는 무섭다고 계속 집 안을 빙빙 돌았다.

재밌는 선생님 놀이도 했다. 내가 선생님이고 은지, 예슬이는 학생이어서 책을 읽어주었다.

저녁이 되자 외숙모 핸드폰으로 퀴즈도 맞추고 수수께끼도 풀었다.

저녁에는 닭죽을 먹었다. 오늘은 정말 즐거운 날이었다.

헬기와 송전탑 사고

헬기가 송전탑에 부딪쳐서 헬기에 있던 사람이 하늘나라로 갔다고 한다.

그래서 아빠가 야근을 해야 됐다. 그 헬기는 어쩌다 송전탑에 부딪친 걸까?

헬기는 위쪽으로 가는데 송전탑도 위에 있으니 그럴 경우가 많겠다.

송전탑을 왜 높게 만들었을까? 그러니 비행기, 헬기 등이 위험하겠다.

헬기도 높은 송전탑 때문에 항상 조심해야겠다. 그런데 헬기는 왜 옆으로

가지 못한 걸까? 나는 하늘엔 자동차 같은 게 없으니 위험하지 않을 거라

고 생각했는데 하늘도 위험하구나. 앞으로 하늘도 조심해야겠다.

곤충에 대해서

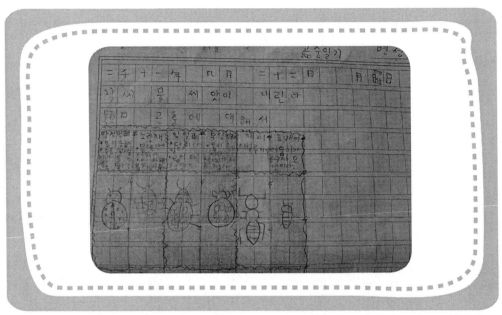

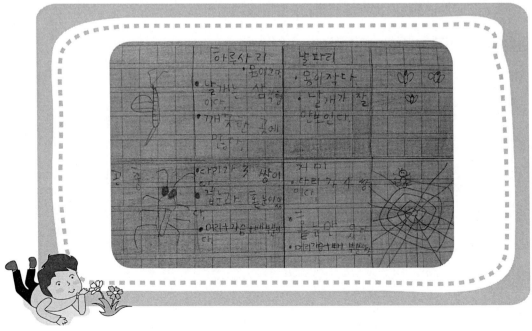

설탕으로 바뀐 소금

접시 위에 소금을 조금 덜어 놓고 친구들에게 진짜 소금이라는 것을 맛보게 한다.

마술의 가루가 소금을 설탕으로 변하게 할 거라고 말하면서 소금에 밀가루를 섞는다.

밀가루와 섞은 소금을 친구의 혀에 묻히고 몇 분 동안 기다리게 한다.

기다리게 한 후 먹어보게 하면 친구는 아마 단맛을 느끼게 된다고 했다.

마술비법은 소금이 설탕으로 바뀐 게 아니라 입 속에 있는 침이 밀기루를 소화하면서 단맛이 나는 물질로 바뀐 거라고 했다.

정말 신기하다.

내가 과학자가 돼서 이것처럼 신기한 걸 발견해야지.

배 띄우기

놀이터로 두 발 자전거를 타고 나갔다.

성결이 형아가 배를 띄우겠다고 해서 자전거를 타고 연못으로 갔다.

전기 감전이라고 쓰여 있었지만 형아는 배를 띄웠다.

그런데 배가 갑자기 뒤로 가기 시작해 계속 뒤로 돌았다.

다시 시도를 했는데 이번에는 가기는커녕 물속에 가라앉아 버렸다.

형아가 노란색 튜브가 잘못되어 고쳤는데 또 가라앉아 버렸다.

일회용이 아닐까?

왜 그런지 답을 찾아봐야겠다. 과연 무엇일까?

시끄러운 바닥공사

거실 마루를 에이에스 하러 왔다.

처음엔 재밌을 거라는 생각이 들었지만 칼 같은 걸로 바닥을 뜯을 때 지진이 나는 것 같았다.

아저씨들이 저번에 공사할 때 바닥을 조심히 다루었다면 바닥 공사를 안 했을 텐데.

그랬다면 시끄러운 소리도 듣지 않아도 됐을 텐데.

하지만 거기서 자르고 있는 아저씨의 귀는 얼마나 아팠을까?

귀마개를 하면 괜찮을 텐데.

그 다음 본드를 붙이는데 무슨 상자에서 아저씨가 끈적끈적한 분홍색과 하얀색을 꺼냈다. 그건 똥 같았다.

그런데 하얀색과 분홍색을 섞고 바닥에 칠했다. 왜 섞은 걸까?

특이한 본드를 봐서 좋았다.

그리고 바닥을 붙였다.

아저씨가 지금은 바닥이 검게 보이지만 나중에 붉은 색깔로 변한다고 했다.

참 신기하다.

공사하면서 귀가 아팠지만 많은 걸 알았다.

『곶감 씨의 몸 속 탐험』 독서록

곶감에게

곶감아 너 때문에 몸속에 뭐가 있는지 알게 됐어.

몸속은 참 신기하더라.

또 관은 미끄럼틀처럼 아주 재밌겠지.

그리고 작은창자는 미로 찾기 같아.

큰창자는 어떻게 음식물을 똥으로 만들까

융털은 어떻게 피를 온 몸으로 보낼까?

나도 너처럼 몸속 탐험을 하고 싶어.

변성준이

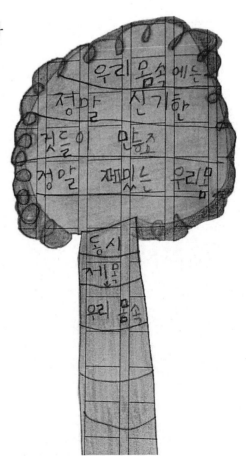

E.T

지구에 외계인이 있는 우주선이 왔는데 경찰들이 쫓아오자 외계인이 떠났다.

그런데 이티가 홀로 남아 엘리어트의 집에 가게 된다.

엘리어트는 잘 돌봐주고 엄마가 나타나면 숨겨준다.

형과 여동생도 이 사실을 알게 된다.

그때부터 신기한 일이 벌어진다.

검지로 다친 상처를 치료할 수도 있고 날 수 있게도 할 수 있다.

그런데 엘리어트가 이티랑 똑같은 행동을 하게 된다.

이느 날 숲속에 갔지만 이티는 쓰러지고 엘리어트는 돌아온다.

이티도 아파하니 엘리어트도 아파한다.

엘리어트는 살았지만 이티는 죽은 것 같았는데 갑자기 살게 된다.

그다음 이티가 다시 우주선을 타고 친구들과
집으로 돌아간다.

이티의 검지는 참 신기하다.

나도 이티처럼 착한 외계인을 만나고 싶다.

그리고 이티가 꽃이 피면 살아 있다는 것이고
꽃이 시들면 병이 들어 아파한다고 알 수 있
는 것이 신기하다.

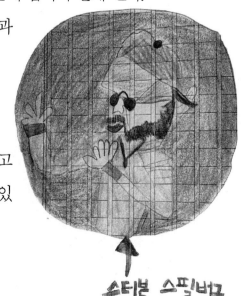

스티븐 스필버그

체험학습 보고서 만들기

하드보드지를 공책 크기만큼 자르고 안에 붙일 종이는 병풍 접기 해서 하드보드지에 붙이다. 종이 위는 예쁜 종이로 기차 모양으로 잘라 붙인다.

제일 앞표지는 차례를 쓰고 종이에 박물관 간 곳 사진을 붙이고 설명을 공책에 쓴 다음 잘라서 색지에 붙여 체험학습 보고서에 붙인다.

그 다음 숫자 스티커를 붙인다.

그러면 완성.

내가 봤던 책 중 가장 멋있었다.

또 병풍처럼 펼쳐 볼 수 있어서 보기가 편했다.

2학년 때에는 더 멋있게 만들어야지.

『장화신은 고양이』 독서록

장화 신은 고양이에게

나도 너처럼 영리하다면 하루아침에 부자가 될 수 있을 거야.

너는 어떻게 지혜로운 고양이가 됐니?

나는 책을 많이 읽어 과학자가 돼 요술 약으로 한 번에 부자가 될 거야.

그러니 앞으로 책을 많이 많이 읽을 거야.

그런데 어떻게 요술 약을 만들 수 있을까?

좀 어려울 것 같지만 꼭 만들어 너처럼 부자가 될 거야.

로봇

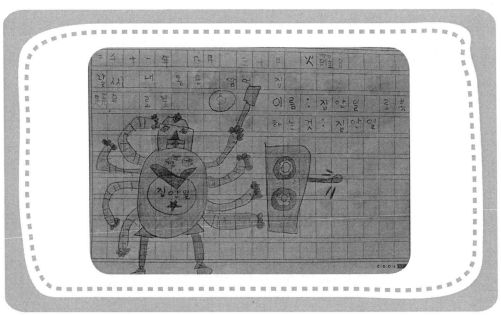

못난이 김밥

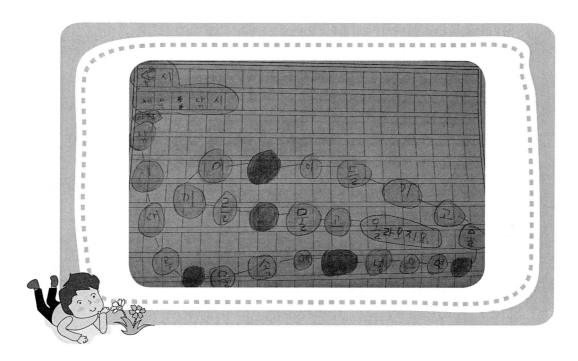

아침에 못난이 김밥을 만들어 먹었다.

내가 만든 김밥 모양 중에서 가장 재밌던 모양은 하모니카 모양이다.

그리고 간장을 많이 바르지도 않았고 적게 바르지도 않았는데 왜 짠 걸까?

엄마는 어떻게 만들었을까?

엄마가 만들어준 김밥은 고소하던데.

맛은 짜기도 하고 또 어떤 것은 간장을 적게 발라 이상하던데.

앞으로 만들 때는 간장을 적당하게 넣어야지.

그리고 밥을 많이 넣어 맛이 이상했으니 밥도 많이 넣지 말아야지.

9월
반장이 되고 싶어요

드디어 개학날

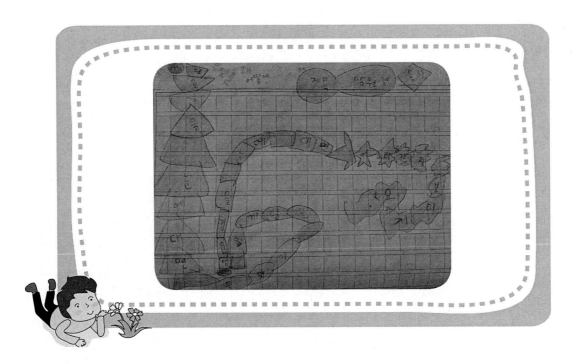

아침에 엄마가 로봇을 들어다 주셨다. 낑낑. 나도 방학숙제를 들어봤는데
무거워서 정말 힘들었다. 학교에서는 친구들이 자꾸 내 걸 보려고 계속 내
자리에 왔다. 친구들은 체험학습 보고서를 우드락 위에 사진을 붙였다.
그런데 친구들 보고서는 내용이 별로 없었다. 그리고 왜 느낀점만 썼을까?
또 나는 준형이의 야구장 만들기가 가장 웃겼다. 찰흙으로 사람을 만들어
김현빈 선수는 쓰러지게 하고 갑자기 구급차가 달려왔다. 가장 이상한 점
은 사람들 팔이 없었다. 그리고 백윤채의 진짜 시계와 창현이 거북선도 참
멋있었다. 선생님께서 심사를 하면 누가 상을 받을까? 참 궁금하다.
또 만들기 숙제가 있으면 다른 친구의 멋진 작품을 볼 수 있을 텐데.

반장선거에 나갈 인사말

내일은 반장 선거하는 날이다.

선생님께서 반장후보 인사말을 써오라고 하셨다.

내가 쓴 내용이다.

안녕하십니까?

호랑이처럼 씩씩한 남자 변성준입니다.

제가 반장 선거에 나온 이유는

1학년 2반을 가장 칭찬받게 만들어 보기 위해서입니다.

그리고 여러분을 대신해서 선생님을 도와드리고

친구들에게 모범을 보이는 반장이 되겠습니다.

저에게 꼭 기회를 주십시오.

열심히 하겠습니다.

감사합니다.

이렇게 썼다.

내일 반장선거에 몇 명이 나올까?

그리고 내가 반장이 될까?

기대된다.

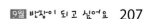

과연 누가 반장이 될까?

오늘은 반장선거를 했다.

총 25명이 나갔는데 한명씩 인사말을 했다.

나는 또박 또박 이야기를 잘 한 것 같다.

과연 누가될까?

나는 나, 이성준, 채정민을 썼다.

처음엔 양인성이 많이 나왔지만 바로 양인성을 따라잡고 14표로 1등이 되었다.

그래서 나, 인성이, 정민이, 정주원, 백윤채가 됐다.

월요일 반장은 나다.

마음이 설렌다.

당선 소감할 때 백윤채가 반장 안 된 친구들에게 미안하다고 하자 태균이가 "나랑 바꿀래?" 그러자 윤채가 "아니. 아니 안 바꿀 거야." 그랬다.

정말 웃겼다.

채정민 생일

정민이의 생일이여서 빕스에 갔다. 빕스에 도착해서 빵, 과일, 아이스크림, 닭고기 등 여러 가지를 먹었다. 그리고 놀이방에 갔는데 블록도 없고 텔레비전에는 아무것도 안 나왔다. 놀이 감이 많이 있어야 되는데 블록도 없고 텔레비전도 안 나오다니. 도대체 왜 그런 걸까? 우리는 다시 이층 룸에 가서 생일 파티를 했다. 모두 모여 사진도 찍었다. 술래잡기도 했는데 인성이가 엘리베이터에서 나오려고 했다. 그 앞에 내가 있었는데 그때 서로 잡으려고 벌처럼 빙빙 돌았다. 나는 놀이방에서 노는 것보다 술래잡기가 더 재밌었다. 하지만 이 빕스도 재밌지만 다음엔 다른 빕스에서 생일잔치를 하면 좋겠다. 여기는 놀이방이 별로 재미없기 때문이다.

『언어와 문자 Why』를 읽고 나서

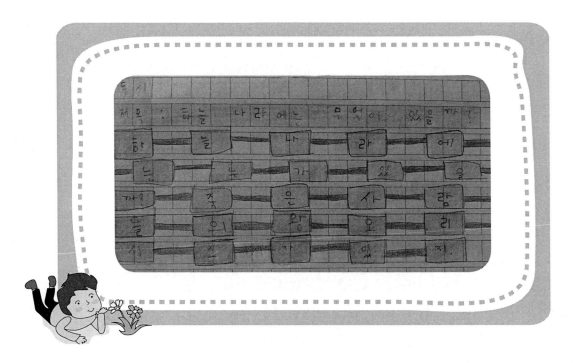

『언어와 문자 Why』 책을 읽었다. 정말 언어가 안 통하면 말을 할 수 없겠다.

그런데 왜 나라마다 다른 말을 하는 걸까? 그러면 말이 잘 통하지 않는데.

나는 세계의 모든 나라가 똑같은 말을 하면 좋겠다.

마음대로 외국에 갈 수 있잖아.

그리고 언어와 문자가 없어서는 안 되겠네.

세종대왕님이 없었으면 우리는 언어와 문자가 없어서 힘들었겠지.

만약 세상에 언어와 문자가 없다면 물 한 모금도 마실 수 없겠다.

언어가 없으면 안 되겠네.

과연 누구일까?

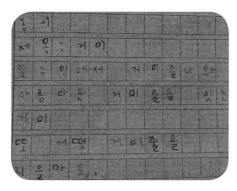

학교에서 머리, 어깨, 무릎, 발 노래를 부르고 틀린 사람이 앞으로 나와 자기가 학교에서 가장 좋아하는 친구 이름을 엉덩이로 썼다.

그 다음 그 사람을 맞추는 문제를 했다.

이기면 사탕을 받았다.

그런데 엉덩이에 이름 쓰는 것을 나는 못 알아봐서 엉덩이에 이름을 쓴 친구랑 친한 친구가 누구인지 생각했다.

하지만 참 어려운 문제였다.

그런데 내가 태균이랑 가장 친한 친구를 맞췄다.

태균이가 정현빈이랑 친하다는 걸 알아맞힐 수 있었다.

선생님은 나에게 사탕을 주셨다.

이 문제는 어렵긴 하지만 정말 재밌었다.

나중에 또 이 문제를 하면 좋겠다.

내 얼굴 그리기

학교에서 자기 얼굴 그리기를 했다.

친구들은 아침부터 손거울을 들고 다른 친구 얼굴을 비추었다.

드디어 3교시가 됐다.

손거울을 준비하고 그림을 그렸다.

선생님은 그림 그릴 때 순서를 연필로 연하게 해서 정확하게,

색칠은 살살 정확하게 하라고 정해주셨다.

내 손거울은 정말 커서 잘 그릴 수 있었다.

머리와 귀, 눈을 그리고 입술과 이빨을 그렸다.

정말 멋졌다.

나는 눈 부분을 제일 잘 한 것 같다.

왜냐하면 속눈썹까지 그렸기 때문이다.

그리고 손거울이 있어 더 자세하게 그릴 수 있었다.

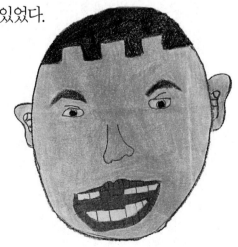

찰흙으로 송편 만들기

오늘은 학교에서 송편 만드는 날. 찰흙판과 칼, 도구를 가져왔다.

신문지를 책상에 깔고 손수건으로 손을 닦은 다음 비닐장갑을 끼었다.

방법은 찰흙을 떼어 내어 동그랗게 빚은 다음 가운데 구멍을 파고 색찰흙

을 넣고 오므리면 완성.

그 다음 사람모양 틀을 찍어서 송편위에 붙였다.

그런데 친구들이 내가 가져온 모양 찍기를 하려고 모두 내 책상에 찰흙을

가져와 모양 찍기를 했다. 다음에 진짜 송편을 만들 때가 기대된다.

그때는 주사위 송편도 한 번 만들어 봐야지.

윷놀이, 제기차기

학교에서 1교시 때 윷놀이를 했다.

두 팀으로 나눴는데 한 팀당 말이 네 개였나.

말은 윷판에서 던진 순서대로 놓는 것을 말한다.

이제 윷놀이를 시작했다.

네 번 했는데 나의 계략은 말을 하나로 만드는 것이다.

빨리 도착하기 위해서는 업을 생각으로 형찬이 편이 먼저 한 다음 나는 4

개를 한꺼번에 업어 형찬이를 잡아 결승전에 들어왔다.

업으면 여러 말이 한꺼번에 갈 수 있다.

하지만 한꺼번에 잡힐 수 있으니 조심해야 된다.

그 다음 3교시 때 운동장에서 '제기차기'를 했다.

제기는 엽전 등을 준비해 거기다 실 등을 꿰매 만든다.

헐랭이로만 했는데 헐랭이는 발을 안 딛고 그냥 차기다.

하지만 정말 어려웠다.

탱탱볼처럼 제기가 뛴다면.

그런데 연습하니 한꺼번에 4개를 할 수 있었다.

과학자가 돼 튀어 오르는 로켓 제기도 만들어야지.

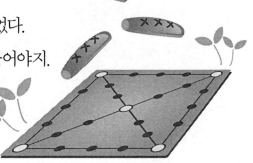

페트병 토네이도 만들기

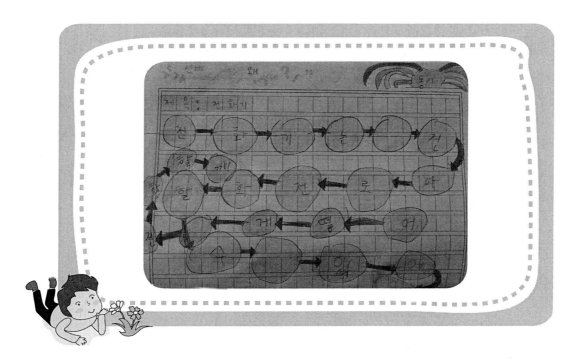

페트병 토네이도를 직접 만들었다. 준비물은 글루건, 테이프, 페트병 2개, 페트병 뚜껑, 송곳, 물, 물감이다. 만드는 순서는 페트병에 물을 채운 다음 물감을 짜 넣는다. 페트병 뚜껑에 구멍을 뚫고 다른 페트병을 위에 붙여 페트병 두 개를 합체한다. 글루건으로 붙이고 테이프로 한 번 더 붙인다.

이제 페트병 토네이도 완성. 그런데 구멍이 났다. 왜 페트병 중간 부분에 구멍이 난 걸까? 앞으로는 잘 만들어야지.

어떻게 흔들기만 했는데 토네이도처럼 된 걸까? 도대체 무엇 때문일까?

그리고 그걸 가운데 부분을 손으로 잡고 위 아래로 흔들면 아령도 되겠다.

헬스장에 물 아령도 있다면 다섯 살도 할 수 있을 텐데.

명절 준비

순천 큰아빠 집으로 추석 준비를 하러 하루 더 빨리 갔다.

연향동 아파트에 도착해서 재밌는 정글포스 만화도 봤다.

정말 재밌었다.

마침내 성훈이 형과 대현이 형이 와서 같이 방으로 들어가 재밌는 컴퓨터 게임을 구경했는데 신났다.

하지만 인기게임에 들어갔더니 내가 길을 그리면 자전거가 그 길로 지나간다는 게임이 더 재미있었다.

내가 그린 길은 계단모양이다.

그런데 계단 모양이어도 자전거는 잘 지나갔다.

저녁밥 먹고 베스킨라빈스 아이스크림 가게에서 아이스크림을 사와 먹었다.

슈퍼에서 파는 아이스크림과는 맛이 달랐다.

오늘은 추석날

아침에 순천에서 일어났다.

일어나서 컴퓨터로 자동차 게임과 정글포스를 한 번 더 보고 아침을 맛있게 먹고 장흥으로 출발했다.

장흥에서 내가 가져온 자동차로 누구 자동차가 더 빠른지 놀이도 하고 창고 방에 들어가 카드를 가져와 가위, 바위, 보를 해 이기는 사람이 카드 가져가기를 했다.

쉬울 거라고 생각했는데 카드를 많이 빼앗겼다.

그런데 너무 많이 해 지루했다.

그때 나에게 좋은 생각이 떠올랐다.

비행기와 배를 접어 노는 것이다.

비행기로 누가 떠 빠른지 시합을 하고 배를 물에 띄우며 놀았다.

저녁밥을 먹고 광주로 돌아왔다.

다음 추석도 빨리 오면 좋겠다.

성묘하러 가서

성묘를 하러 갔다.

성묘 주변은 온통 식물이었다.

차를 세우고 호박 밭에서 초록색 호박을 한 덩이 땄다.

크기가 컸다.

그 다음 잠자리가 있는 데로 갔다.

아빠는 나뭇가지에 앉아 있는 잠자리 세 마리를 잡아주셨다.

관찰해 봤는데 얼굴은 동그랗고 눈은 밤색으로 동그랗다.

몸통은 검은색 노란색이 반복됐다.

허리는 새우등처럼 구부러져 있었다.

그리고 날개는 양파 망 같은 모양이었다.

잠자리 허리는 펴져 있는 줄 알았는데 참 이상했다.

그리고 왜 날개가 4개일까? 이상했다.

성묘 가서 잠자리도 잡고 호박도 딸 수 있어 좋았다.

무덤 앞에서 음식을 접시에 놓고 종이컵에 술을 부었다.

절을 두 번 하고 무덤에 술을 뿌렸다.

일 년에 두 번 밖에 술을 못 먹는데 얼마나 배고플까?

하늘나라에서도 쫄쫄 굶고 있을 거야.

균형 잡기

학교에서 균형 잡기 놀이를 했다.

균형을 먼저 잡는 팀이 이기는 놀이다.

선생님은 색 도화지에 4명이 올라가도록 했다.

4명과 5명은 가뿐히 통과했지만 6명이 되니 우르르 무너져 내려 참 웃겼다.

내가 나간다면 피라미드처럼 맨 아래 사람이 엎드리면 그 위로 올라가서 엎드리고 또 엎드리게 할 거다.

마지막에 내가 했는데 나랑 곽민승은 절대 웃지 않기 게임을 했다.

선생님은 웃기는 말과 간지럼을 해도 된다고 했다.

웃긴 말을 하고 곽민승이 나를 간질였지만 웃지 않고 내가 이기려고 노력해 무승부가 됐다.

정말 잘 웃길 수 없네.

다음에 아빠와 재밌는 균형 잡기 한 번 더 해야지.

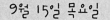

운동장에서 비행기 날리기

밥 먹고 나서 운동장으로 가 비행기 날리기를 했다. 선생님께서 날린 제비 비행기는 바람이 불어도 한 바퀴 회전해 선생님께 돌아왔다. 정말 멋졌다. 하지만 내 배꼽 비행기는 앞으로 횡 날아가서 떨어졌다.

배꼽 비행기가 제일 잘 나는 건 아니네. 그리고 내 배꼽 비행기는 왜 회전을 못 했을까? 나는 이제 제비 비행기를 많이 접어야지.

그래도 배꼽 비행기는 앞으로 갈 수 있고 제비 비행기는 회전만하네.

제비 비행기도 안 좋은 점이 있네.

제비 비행기는 멋있으니 나는 제비 비행기만 접어야지.

압화 만들기 체험하기

담양 다화림으로 버스를 타고 갔다. 압화로 거울, 시계, 접시 등을 만들고 압화 만들기를 영어로 프랜스 플라워라고 한다.

자와 핸드폰처럼 생긴 손거울이 있는데 나는 손거울을 만들기로 했다.

만들기 방법은 신선한 꽃을 준비한다. 식물 위에 책을 10킬로그램 정도 올려준다. 적절한 건조 방법으로 빨리 건조시킨다.

압화를 보관 팩에 넣어 잘 보관한다. 종이에 풀을 붙여 꽃을 놓고 손거울에 끼워 넣으면 완성.

그 다음 식물원에서 나팔꽃을 봤는데 나팔꽃을 먹으면 죽지는 않지만 아프다고 했다. 왜 독이 있는 걸까? 신기했다.

어성초도 봤는데 한라봉 냄새가 났다.

쥐도 보고 장수풍뎅이 등을 봤는데 쥐는 치즈를 좋아하는데 왜 나뭇잎을 먹었을까? 이상했다.

그 다음 모두 모여 버스를 타고 학교에 돌아왔다.

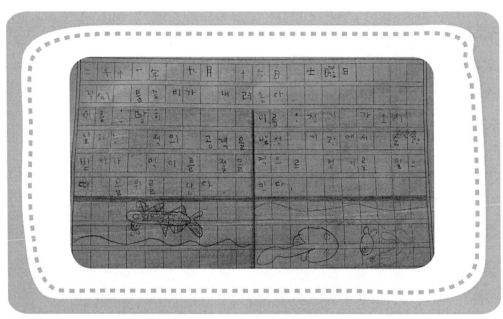

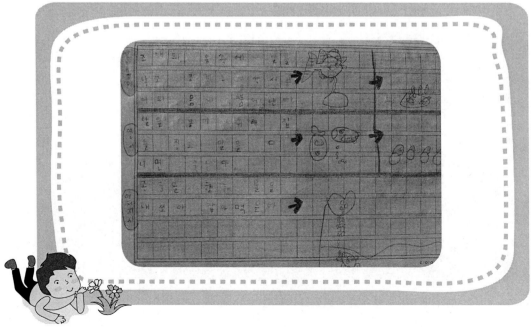

무등산

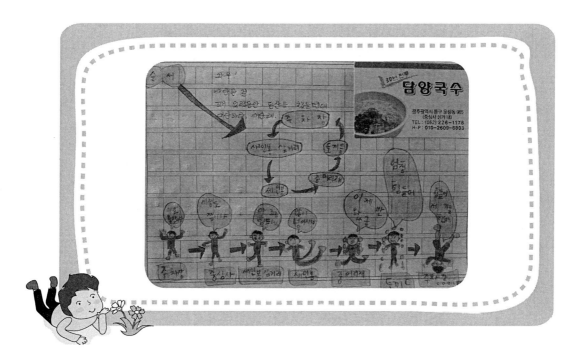

아침 7시에 일어나 경모 형아, 성진이 삼촌과 만나서 무등산으로 갔다.

주차장에 주차를 하고 세인봉 삼거리에서 세인봉으로 넘어가 중머리재로 갔다. 가는 동안 안개가 끼어 더 힘들었다.

김밥, 샌드위치, 과일, 우유를 먹고 토끼등으로 내려갔다. 이제는 안개가 없어서 편했다. 토끼등에서 운동기구를 타고 논 다음 중심사로 갔다.

세인봉에서 가다가 넘어졌기 때문에 세인봉 이름을 넘인봉이라고 부를 거다. 산길을 올라가는데 지렁이가 있어 깜짝 놀랐다.

산을 올라가다 지렁이가 없다면. 산을 올라가다 사람에게 밟혀 죽은 민달팽이도 보았는데 불쌍했다.

동그라미, 세모, 네모 모양으로 무얼 만들까?

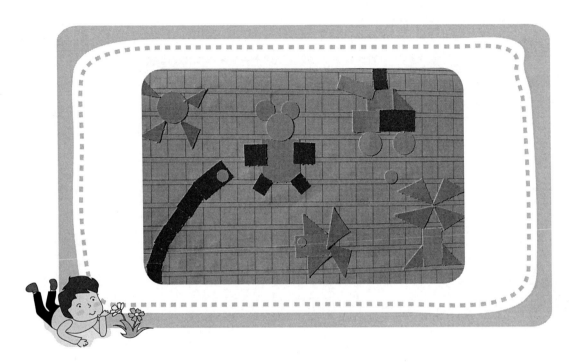

수학 시간에 동그라미, 세모, 네모 모양으로 멋진 것을 만들어 보라고 하셨다. 수학 책 뒤에 있는 부분을 뜯고 무얼 만들지 정했다. 만들 것은 로봇, 자동차, 로켓이다. 로봇 몸통은 네모 두 개를 붙이고, 팔은 긴네모로, 다리는 세모와 동그라미로, 얼굴은 네모에 작은 동그라미와 네모를 붙이고, 머리는 세모로 했다. 로켓 몸통은 네모로, 날개는 세모, 아래 불꽃은 동그라미를 여러 개 붙였다. 자동차는 네모 위에 작은 네모를 붙이고 동그라미로 바퀴를 만들었다. 책에 붙이고 남은 것은 필통에 넣어가지고 왔다. 네모, 동그라미, 세모로 무얼 만들까? 동물을 만들어볼까?

빨대와 성냥개비로 모양 만들기

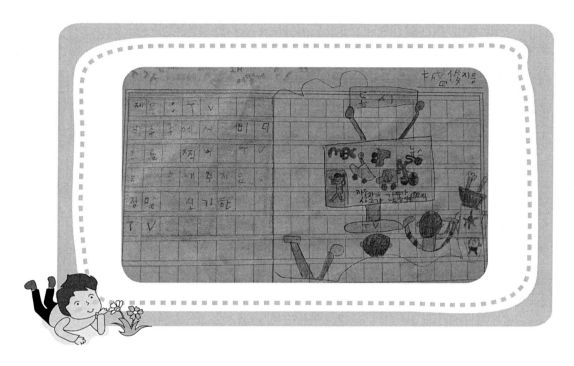

2교시 때 빨대와 성냥개비로 모양을 만들었다.

선생님은 풀을 줄 때까지 어떻게 붙일지 정하라고 하셨다.

드디어 정했다. 나는 우주선을 만들기로 했다.

만드는 방법은 위를 뾰족하게 한 다음 몸통을 만든다.

그 다음 날개를 만들고 불꽃 부분을 만든 후 창문을 만든다.

모두 합치면 완성. 그냥 연필로 그린 것보다 더 재미있었다.

또 성냥개비 때문에 불처럼 표현할 수 있었다.

다음에는 빨대로 무얼 만들까?

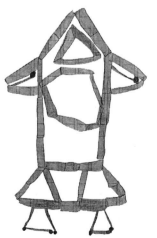

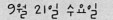 9월 21일 수요일 태양이 10개가 됐다.

깜깜이, 킁킁이, 쩝쩝이 놀이

깜깜이, 킁킁이, 쩝쩝이 놀이를 했다.

놀이 규칙은 깜깜이 1명, 쩝쩝이 1명, 킁킁이 2명이 모둠에서 나가 만져보고 냄새를 맡고 먹어 봐서 무엇인지 맞히는 놀이이다.

나는 쩝쩝이를 하기로 했다.

그래서 마지막에 쩝쩝이를 해보러 칠판 앞으로 나갔다. 총 3종류가 있었다.

1번은 콜라 같았다. 2번은 우유, 3번은 오렌지 주스다. 답은 맞았다.

정말 재밌었다. 맛있게 먹고 재미있는 게임도 해서 정말 좋았다.

또 학교에서 이 놀이를 하면 좋겠다.

업고 달리기

운동장에서 업고 달리기를 했다. 백팀, 청팀으로 나눠 짝꿍을 업고 가는 것이다. 나는 청팀이었다. 이제 시작. 하지만 모두 쾅쾅 떨어졌다. 빨리 가려고 하다가 무게 중심이 앞에 있어 넘어질 수밖에 없다.

나는 서연이를 업었는데 저서 다른 친구를 도와주려고 했다.

그래서 윤채를 머리, 손, 발을 한 명씩 들고 갔다. 그런데 서연이를 업어 팔이 폭죽처럼 펑 하고 터져 나갈 것 같았다. 내가 마술사가 돼 서연이를 먼지로 변하게 해서 업고 가면 좋을 텐데. 다른 친구들도 지켜봤는데 대부분이 넘어졌다. 그런데 그 모습이 거북이가 벌러덩 넘어진 것 같았다. 힘이 세지는 약을 만들어 업고 가고 싶다. 못 만들면 슈퍼맨 망토가 있다면.

병원 놀이

2교시 때 병원 놀이를 했다.

이성준, 양인성, 정주원이 환자가 되고 선생님이 의사, 병문안 온 친구 4명을 뽑았다.

그래서 선생님은 환자를 책상에 눕히고 병문안 온 친구는 인사말을 했다.

친구들은 인사말을 "빨리 나아." 라고 했다.

그런데 선생님께서 인성이 옷을 올려 인성이 배를 봤다.

왜 선생님께서 인성이 배를 봤을까?

배를 진찰해보지 않아 좀 아쉬웠다.

배를 진찰하는 청진기를 대신해 다른 도구로 진찰하면 좋았을 텐데.

그리고 나도 환자를 못해봐서 아쉬웠다.

왜 환자를 하고 싶었냐면 가짜로 친구들이 빨리 나으라고 해주기 때문이다.

다음 주 화요일에도 병원놀이를 한다는데 기대 된다.

그때는 얼마나 재밌을까?

정말 재미있을 것 같다.

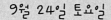

내 차 위치 탐지기

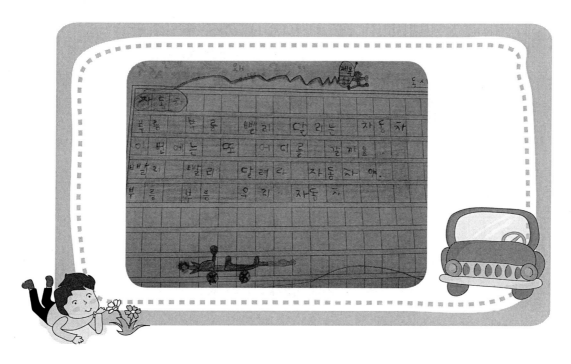

화순 전대병원으로 외할머니 병문안을 갔다.

지하 1층에 주차를 한 다음 입구로 들어가는데 '내차 위치 탐색기'가 보였다.

내차 위치 탐지기는 내 차량 번호를 입력하고 검색을 누르면 내차 사진도

나오고 어디에 주차되어 있는지 알 수 있다. 그것은 센서가 있기 때문이다.

참 신기했다. 차가 어디에 있는지 생각을 잘 못한 사람은 이걸 보고 하면

되겠다. 나도 생각을 잘 못하는 사람을 위해서 좋은 걸 발명해야지.

그런데 센서가 이 네모난 화면으로 잡힌다는 게 믿기지 않았다. 어떻게 센

서가 잡힐까? 나는 센서랑 화면이랑 통하는 작은 선이 있을 것 같다.

내 차 찾기 탐지기는 정말 신기하다.

해시계 만들기

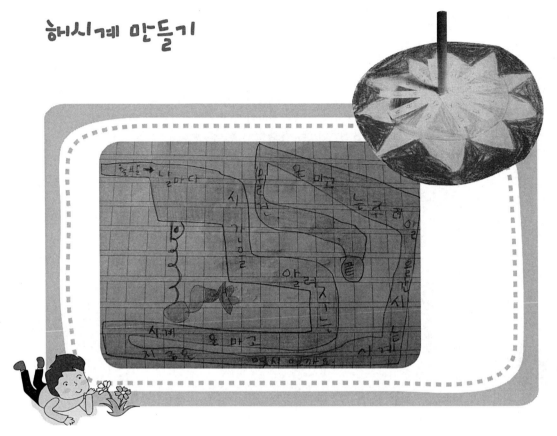

해시계는 해가 비출 때 시간을 측정할 수 있다. 만들기 방법은 종이를 동 그랗게 오린다. 종이에 멋지게 색을 칠한다.

작은 동그라미 1개, 길쭉한 네모 12개를 자른다. 가운데에는 동그라미 1개 를 붙인다. 12개의 길쭉한 네모에 1부터 12까지 써 놓는다.

동그라미를 중심으로 해서 1부터 12까지 차례대로 붙인다. 가운데 작은 동 그라미 위에 수수깡을 붙이면 완성.

해시계는 해만 있을 때 쓰여서 불편할 것 같았다. 그렇지만 신기했다.

다음에는 물시계를 만들어 볼까?

9월 26일 월요일　해시계가 시간을 가르쳐준다.

배 만들기

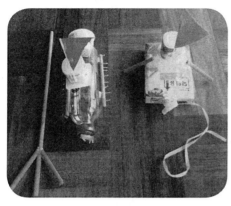

일호 배 만들기 준비물은 상자, 고무줄, 빨대, 수수깡, 투명하면서 뽈록한 것, 요플레통, 도화지가 있어야 한다.

만들기 방법은 상자에다가 투명한 플라스틱 통을 붙인다. 투명한 플라스틱 통에 수수깡을 양쪽에 붙여 노를 만들고 요플레통을 붙인다. 빨대를 붙이고 도화지에 구멍을 뚫어 빨대랑 연결한다. 그러면 완성. 물에 띄워보자 가라앉았었는데 수수깡을 붙이자 물에 떴다. 수수깡에 어떤 성분이 들어있을까? 궁금해서 포장지를 보니 새질이 EPS, PS라고 나와 있었다. 그런데 뭐가 뭔지 모르겠다. 과연 무슨 재질일까?

이호 준비물은 수수깡, 수수깡 고정 핀, 투명한 플라스틱 통, 요플레통 두 개가 있어야 한다. 플라스틱 통 양쪽에 수수깡을 가로로 붙인다.

플라스틱 통 위와 뒤에 요플레 통을 붙인다. 플라스틱 통 양쪽 옆에 수수깡 있는 부분에 수수깡 고정 침을 꽂는다. 아래에 요플레 숟가락을 2개 붙인다. 그러면 완성 띄워보니 균형이 안 맞아 아래에 요플레 숟가락을 두 개 붙였더니 균형이 잘 맞았다. 요플레 숟가락을 안 붙이면 아직도 어떻게 균형을 잡아야 하나 고민할 것이다.

병원놀이

학교에서 2교시 때 병원놀이를 했다.

선생님은 제비뽑기를 해서 병원에 가라고 하셨다.

1번을 뽑았는데 '배가 아파요'였다.

그래서 소아청소년과에서 청진기로 배 소리를 듣고 처방전을 받아 약국에 갔다. 약으로 맛있는 과자를 먹었다.

그런데 계속 약을 주니 약국은 너무 바빴겠다.

그 다음 역할을 바꿔서 내가 치과의사가 되었다.

숟가락처럼 생긴 거울로 입안을 보고 가위로 이를 빼는 흉내를 냈다.

그 다음 처방전에 딱딱한 음식을 씹지 말라고 요구르트, 새우깡에 동그라미 쳐 줬다.

그런데 처방전을 다 써버리고 없어 우리가 종합장으로 처방전을 만들었다.

진짜 약국에서도 과자로 만든 약을 주면 좋겠다.

나는 과학자가 돼 쓰지 않은 약을 만들 거다.

그래야 어린아이들이 울지 않고 약을 먹기 때문이다.

또한 어른들도 아이들에게 약을 쉽게 먹여 좋기 때문이다.

균형 잡기 게임

균형 잡기 놀이를 해 많이 버틴 사람이 풍선을 가져간다고 선생님이 말씀 하셨다. 선생님은 1번 자세와 2번 자세, 3번 자세를 가르쳐 주셨다.

1번은 독수리 자세다. 방법은 한 발로 균형을 잡고 오른쪽 다리를 뒤로 한 다. 팔을 양쪽으로 똑같이 뻗는다. 2번 자세는 양반자세다. 먼저 왼쪽 다 리를 허벅지에 얹는다. 그 다음 팔짱을 낀다. 3번은 무용수 자세다. 다리 를 앞으로 하고 오른쪽 다리로 균형을 잡는다. 왼쪽 손은 위로 하고 오른 쪽 손은 옆으로 해 기역자를 만든다.

나는 다인이랑 대결했는데 다인이도 만만치 않았다. 하지만 포기하지 않고 계속 있어 결국은 내가 이겼다. 그리고 드디어 풍선을 얻었다.

나는 다음부터 게임을 할 때 절대 포기하지 않고 이길 거다. 그리고 균형 잡기 놀이를 해 더 많이 버텨야지. 또 다른 방법도 알아내 더 재밌는 균형 잡기 놀이를 해봐야지.

①  ②  ③  ④

고양이가 갖고 싶어요

쓰기 시간에 자기가 갖고 싶은 걸 편지에 썼다.

나는 아빠에게 새끼 고양이가 갖고 싶다고 썼다.

그런데 고양이를 네 마리 갖고 싶다고 썼다.

왜냐하면 1마리는 만들기를 도와주는 고양이, 1마리는 공부를 도와주는

고양이, 도우미 고양이, 명탐정 고양이다.

만약에 사주신다면 글도 가르치고 여러 가지 재주를 가르칠 거다.

글을 어떻게 가르칠 거냐면 내가 하는 말을 계속 따라하게 할 거다.

그리고 컴퓨터로 고양이를 훈련시킨 사람을 찾아봐야지.

아빠께서 꼭 사주면 좋겠다.

내 장래희망

내 장래희망은 로봇 공학자이다.

로봇을 만들어 사람들을 편리하게 해 줄 거다. 나는 공부로봇, 집안일로봇, 의사로봇, 경찰로봇, 말동무로봇을 만들 거다.

공부로봇은 공부를 도와주고 경찰로봇은 도둑과 강도를 없애주고, 집안일 로봇은 집안일을 도와준다. 그리고 꿈을 꾸면 그대로 녹음해 볼 수 있는 로봇도 만들어야지. 정말 재밌는 로봇일 것이다.

그렇기 때문에 항상 만들기를 많이 해 로봇 만드는 연습을 할 거다.

꼭 과학자가 돼 멋진 로봇을 만들어 사람들을 편리하게 해줘야지.

10월

세종대왕님, 감사해요

범인을 찾아라

학교에서 콜팝을 간식으로 먹었다.

콜팝을 먹고 누가 교실 바닥에 흘렸다.

거기에는 콜팝 통과 먹다 남은 콜팝이 떨어져 있었다.

선생님께서 용서해 준다고 그랬지만 범인은 아직도 진실을 밝히지 않았다.

범인 흔적도 찾아봤지만 없었다.

내 생각에는 승환이와 동석이가 범인인 것 같다.

정현빈은 먹다 남은 걸 승환이한테 줬는데 승환이가 왜 나한테 주냐고 흘리지 않았을까?

또 다 먹은 친구들이 동석이가 남긴 콜팝을 주라고 쫓아다니다 동석이가 주지 않으려고 도망 다니다가 흘리지 않았을까?

시간은 지나갔지만 누가 흘렸는지 찾아봐야지.

범인을 찾는 방법은 교실에 감시카메라가 있다면 테이프를 돌려 보면 된다.

감시카메라가 없다면 거짓말 탐지기로 범인을 밝히면 된다.

그 친구를 밝히지 못해도 범인은 악몽을 꿀 거다.

연 날리기

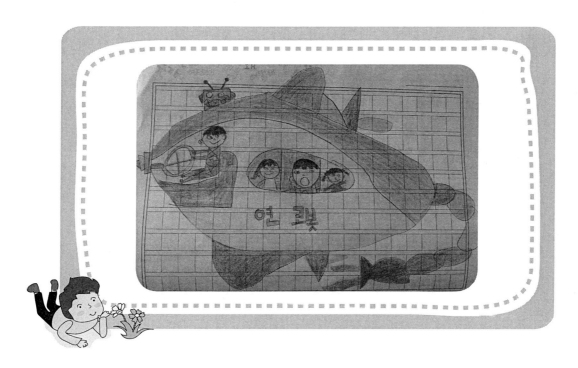

놀이터로 나가 연날리기를 했다.

연은 날개가 수백 개 달린 것처럼 훨훨 빨리 날아다녔다.

바람은 아주 아주 세게 불어 회오리바람처럼 빨리 돌아가는 것 같았다.

그런데 바람이 어찌나 세게 불었는지 연 손잡이가 굴러다녔다.

참 재밌었다. 난 아주 큰 연을 만들어 나도 탈 수 있게 할 거다.

그러면 하늘에서 세상 구경을 할 수 있겠지?

꼭 과학자가 돼 아주 큰 연 로봇을 만들어서 세상 구경을 할 것이다.

정말 재밌을 거야.

식물

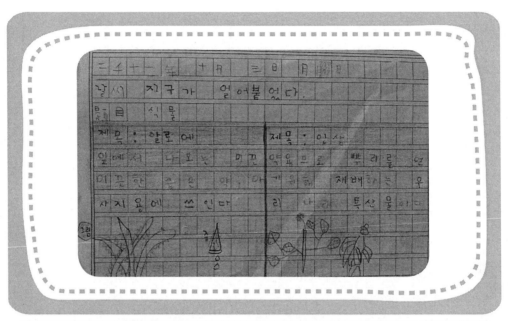

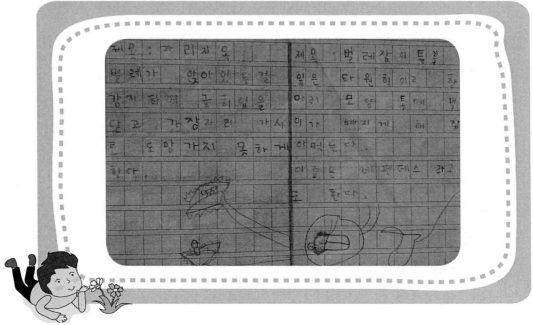

함평 생태공원으로 소풍

오늘은 함평 생태공원으로 소풍 가는 날. 드디어 함평 생태공원에 도착. 입구에서 앵무새와 정말 큰 햄스터를 보았다. 그런데 말을 안 따라 했다.

그 다음 나비·곤충 표본전시관에 가서 나비 모형을 보고 나비 영상도 봤다. 정말 많은 나비들이 있었다.

그리고 영상을 한 가지 더 봤는데 나비가 되려고 번데기를 벗는 걸 영상으로 찍은 것이다. 정말 생생했다.

그 다음 편의시설에서 가방을 내려놓고 다리를 건너 놀이터 같은 데에서 자유 시간을 주셨다. 거기에는 치즈 모형이 3개가 있었다. 난 그 치즈 모형 꼭대기에서 미끄럼틀을 타기로 했다.

그래서 구멍을 밟고 꼭대기에 올라가 미끄럼틀 삼아 탔다. 기차도 있어서 기차를 타려고 했는데 그 기차는 가짜였다. 진짜 기차였다면······.

그 다음 우리는 식물을 관찰하고 물고기를 본 다음 밥을 먹으러 갔다.

밥을 다 먹은 다음 바닥 분수에 갔다. 분수 구멍을 막으면 분수가 펑 하고 폭죽처럼 솟아올랐다. 김태균이 가운데에 있는 분수에 발을 모으고 일어서자 물이 친구들에게 다 튀었다. 그러자 친구들은 물벼락을 맞았다.

또 여치를 봤는데 어른 엄지손가락만 하고 길쭉했다. 정말 큰 여치였다.

그런데 애벌레생태관을 안 가서 좀 아쉬웠다. 그래도 다음에 또 오고 싶다.

우주의 음식

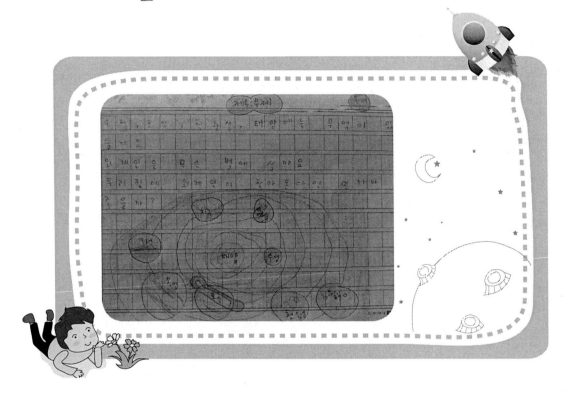

박서현 아는 분이 우주 음식을 만드는 사람이다.

그래서 박서현이 우주의 음식을 가져왔다. 하나는 쌀과 무엇을 섞어 딱딱하게 만든 거다. 그런데 공기가 없어야 되기 때문에 비닐이 공기가 없어서 납작했다. 어떻게 공기가 없어지게 한 걸까?

음료수도 가루이고 물을 부어 먹는다. 우주선에 물이 닿으면 안 되기 때문이다. 또 미역국도 구멍을 내고 물을 부어 먹는다.

로켓 시설이 더 좋아져 로켓 안에서도 밥을 편리하게 먹으면 좋겠다.

꼭 내가 과학자가 돼서 우주 시설을 훨씬 좋아지게 해야지.

숨박잡기

놀이터에서 정민이, 인성이랑 놀았다. 우리는 숨박잡기를 했다.

숨박잡기는 숨고 다시 도망쳐 또다시 숨는 놀이다.

처음에는 내가 술래하고 인성이, 정민이가 숨었다.

10초 뒤 뒤를 봤는데 아무도 없었다.

숨을 때를 다 찾아봤지만 어디로 갔는지 보이지 않았다.

찾다가 지쳐서 "못 찾겠다. 꾀꼬리."를 목이 터지게 불렀다.

하지만 나타나지 않았다. 그런데 갑자기 발소리가 들렸다.

조심 조심 다가가 보니 인성이와 정민이였다.

나는 결국 잡을 수 있었다.

숨박잡기는 숨고 들키면 또 달리고 숨을 수 있어 숨바꼭질보다 재밌었다.

다음에 내가 숨는 사람이라면 어디로 숨을까?

사람이 변온동물이라면 들키지 않겠지?

갯벌에 사는 생물

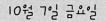

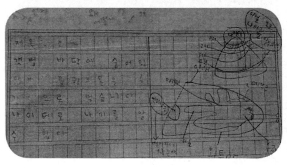

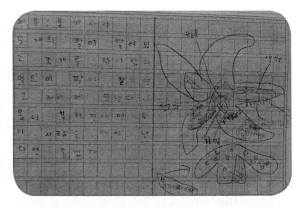

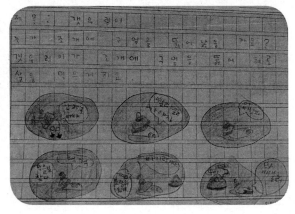

세상에 사과나무를 심은 스티브 잡스

스티브잡스 할아버지에게

스티브잡스 할아버지, 안녕하세요.

하늘나라에서도 멋진 기계를 발명해 제 꿈에 나타나서 만드는 방법을 가르쳐 주세요.

췌장암 때문에 돌아가셨으니 하늘나라에서는 아프지 않고 편안히 지내세요?

할아버지가 돌아가셔서 많은 사람들이 슬퍼해요.

그리고 어떻게 인터넷이랑 연결할 생각을 했어요?

할아버지 덕분에 많은 사람들이 편리해졌어요.

또 아이팟을 발명해 작은 것으로 들고 다니기 편히고 음아을 들을 수 있어서 좋대요.

발명하지 못했다면 사람들은 라디오에 전선을 꽂아 들었을 거예요.

또 픽사라는 회사에서 토이스토리를 발명했는데 정말 재밌는 아이디어를 어떻게 생각했어요?

4탄이 나올 수 있을까요? 4탄이 나올지 기대할게요. 안녕히 계세요.

변성준 올림

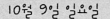

오늘은 한글날

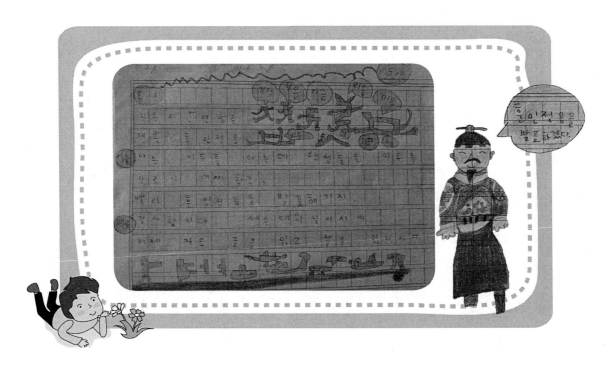

세종대왕님에게

세종대왕님 안녕하세요.

조선 시대에 백성들이 한자를 어려워했는데 어떻게 훈민정음을 만들 생각을 하셨어요? 세종대왕님이 훈민정음을 발표하지 않았다면 만자나 되는 한자를 외웠을 거예요. 그리고 비슷비슷한 한자가 많아 헷갈리기도 했을 거고요. 또 양반은 책을 읽고 편지를 쓰지만 백성들은 글을 쓰고 읽지 못할 거예요. 쉬운 글자를 만들어주셔서 정말 정말 감사합니다.

변성준 올림

우리들 이야기

학교 홈페이지가 드디어 승인이 나서 글을 남길 수 있게 되었다.

그래서 우리들 이야기에 이렇게 이야기를 남겼다.

안녕, 변성준이야.

친구들아 휴일 잘 보냈니?

내가 수수께끼를 낼게 맞춰봐.

오늘 문제

곤충을 3등분하면 어떻게 될까?

하고 문제를 냈는데 7시에 보니 28명이 글을 봤다.

채정민만 답글을 1. 머리, 가슴, 배 2. 죽는다 라고 남겼다.

오늘은 "다 자랐는데도 자꾸 자라라고 하는 것은?"이라고 문제를 낼 거다.

답은 (동물) 자라다.

오늘도 누군가 들어가 재밌는 답장을 남길까?

또 책을 보는데 재밌는 수수께끼가 생각났다.

오징어와 짱구의 차이점이라는 것이다.

답은 오징어는 말릴 수 있지만 짱구는 못 말려.

정말 웃긴 수수께끼다.

동물원 게임

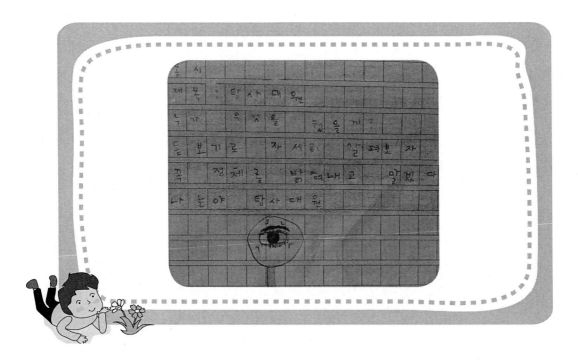

수학시간에 동물원 게임을 했다. 방법은 선생님이 "동물원에 가면 ? 뭐, 뭐가 있고" 노래를 부르면서 손가락을 가리킨다.

만약 나한테 하면 동물원에 가면 선생님이 말한 걸 말하고 나도 동물 이름한 가지를 말한다. 그걸 계속 되풀이한다.

처음에 선생님이 "호랑이도 있고"하고 준우에게 손짓을 했는데 선생님이말한 대로 하지 않고 "동물원에 가면 사자도 있고" 라고 말했다.

그래서 준우는 틀려 엉덩이로 이름을 썼다. 나라면 잘 할 수 있었을 텐데.그런데 조금 어려웠다. 아빠랑 한 번 더 해봐야지.

비사치기

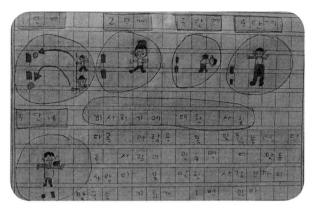

운동장에서 비사치기를 했다. 비사치기는 4명이 2팀으로 나눠 가위, 바위, 보를 해 이긴 팀이 공격을 한다.

진 팀은 돌을 세워 놓는다. 그러면 이긴 팀이 그 돌을 맞추면 이긴다. 1단계는 던지기다. 던져서 돌을 맞추면 이긴다.

2단계는 인사하기다. 머리에 돌을 이고 가서 머리를 숙여 돌을 맞추면 이긴다.

3단계는 배 내밀기다. 배 내밀기는 돌을 배에다 얹고 가 돌을 쓰러뜨리면 이긴다.

4단계는 오줌 누기다. 다리 사이에 돌을 끼고 걸어가 돌을 맞춘다.

5단계는 어깨 얹기다. 어깨에다 얹고 가서 돌을 맞추면 이긴다.

나는 이창현, 조준우, 이성준이랑 했다. 나는 이성준과 같은 팀을 하고 조준우와 이창현이 같은 팀을 했다.

그런데 배 내밀기가 균형을 못 잡아 제일 어려웠다.

결국 1대1로 동점이 되었다. 비사치기는 정말 재밌다.

칭찬해요

쓴 사람: 변성준

칭찬하는 사람: 임성완

왜: 임성완은 심부름을 잘한다.

선생님이 심부름을 시키면 번개같이 뛰어가 심부름을 하고 돌아온다.

임성완이 심부름을 해주니 선생님께서는 정말 편하겠다.

그리고 쉬는 시간이 끝났는데 쉬는 시간이 끝난 지도 몰라 놀고 있는 친구

를 선생님 대신 임성완이 놀고 있는 친구를 데려온다.

임성완이 데리러 가지 않았으면 그 친구들은 공부를 못 했을 거다.

또 선생님도 임성완한테 시키니 편할 거다.

제목		칭찬								
칭찬을		해주면		기분이		날아갈것		같아요		
칭찬을		받으면		정말		좋아요				
또	칭찬은		언제	반가지.						

가족사랑 그리기 대회

학교에서 가족사랑 그리기 대회를 한다.

잘 그린 사람은 교장 선생님께서 상을 주신다고 했다.

나는 종이에 그리고 싶은 걸 적었다.

오랜 고민 끝에 생일잔치하는 걸 골랐다.

케이크를 놓고 고깔모자를 쓴 다음 생일 축하 노래 부르는 장면을 그리기로 정했다.

그 다음 반짝이 풀로 멋지게 꾸밀 거다.

반짝이 풀을 안 한 곳은 색연필과 크레파스로 칠하고 바탕은 검은색 한지를 붙일 거다.

다른 친구들은 무슨 그림을 그리려고 생각했을까?

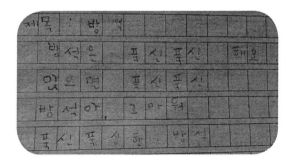

동물

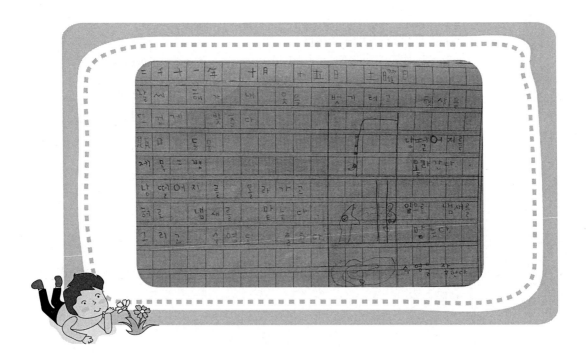

나는 킹코브라를 좋아한다.

킹코브라의 독은 코끼리를 쓰러뜨릴 만큼 독이 강하기 때문이다.

그래서 위기에 처해 있어도 살아남을 수 있다.

그런데 코브라는 어두운 바구니에서 나온 다음에 사람이 피리를 불면 춤을 추는 것 같이 움직인다.

나는 코브라가 피리 소리를 듣고 좋아서 움직이는 줄 알았는데 코브라는 귀가 안 들린다고 한다.

코브라는 어떻게 잡을까?

피자 만들기

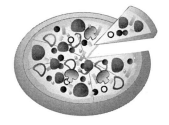

미스터 피자에 가서 피자를 만드는 방법을 봤다.

먼저 반죽을 밀가루에다 묻혔다.

그다음 그 반죽을 잡고 위로 빙그르르 던졌다.

어떻게 그렇게 할 수 있을까? 참 신기하다.

일반 피자집은 위로 빙그르르 돌리지 않던데 이상하다.

왜 미스터 피자집만 돌리는 걸까?

피자를 돌린 사람은 피자의 달인이 아니었을까?

나도 빙그르르 돌릴 수 있다면 좋을 텐데.

돌리면 더 맛있는 피자가 만들어질까?

피자를 돌리면 더 커졌는데 밀가루가 늘려진 거겠지. 클레이 같았다.

그런데 나는 피자보다 샐러드바에서 샐러드 먹는 게 좋다.

왜냐하면 평소에 안 먹었던 말랑말랑 젤리, 아삭아삭 옥수수 콘, 열대과일,

단호박 샐러드, 파스타를 많이 먹을 수 있기 때문이다.

우리 집에 미스터 피자 식당이 있으면 매일 샐러드바에서 먹을 수 있을 텐데.

동시

제목 : 　재밌는 색칠공부

재미있는 색칠공부

무얼 색칠하까?

재미있는 색칠공부 멋진 내 친구

선생님 감기 에취 에취!

선생님께서 감기에 걸리셨다.

그래서 선생님이 목소리를 내서 읽는 건 친구들에게 시키셨다.

그런데 선생님이 평소에 급식을 늦게 드시는데 오늘은 빨리 오셨다.

목이 아파서 급식을 못 드셨나 보다.

감기 걸린 환자들을 위해 죽도 있었으면 좋겠다.

그리고 아파도 친구들을 가르치려고 학교에 매일 가야하니 힘드시겠다.

병원에는 가셨을까?

주사는 맞으셨을까?

선생님이 정말 걱정된다.

선생님께서 빨리 나으시면 좋겠다.

고맙다.

성준이 걱정덕에 빨리 나을게.

폭죽

펑펑 터지는 멋있는 폭죽

약을 지르면 올라가지요.

이번엔 무슨 모양 폭죽이 나올까?

축구

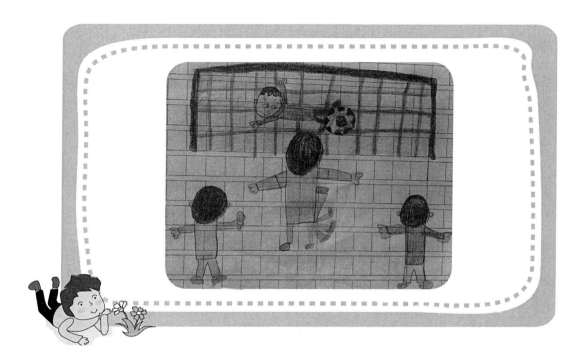

학교가 끝나고 운동장에서 공을 발견했다. 그래서 축구를 하기로 했다.

정민이가 골키퍼를 맡아 페널티킥을 했다. 그런데 공이 잘 나가지 않아 골을 잘 못 넣었다. 우리가 2골 넣고 이번엔 정민이 혼자 차고 나, 인성이, 한수혁 이 막았다. 처음에 공을 차자 내가 가슴으로 막았다. 그런데 정민이가 인성이 는 잘 못 막는 걸 알아서 인성이 쪽으로 골을 넣었다. 그 공은 인성이가 충분 히 막을 수 있었는데 아깝다. 그 다음도 골을 넣어 2대2로 동점이 됐다.

나는 축구 학원에 다녀 축구를 잘하고 싶다. 그러면 정민이처럼 혼자 동점을 만들 수 있겠지? 축구는 정말 재미있다.

엄마를 칭찬하는 글

엄마는 만들기를 잘합니다.

항상 만들기 숙제가 있을 때와 그림 그리기가 있을 때 좋은 생각을 해내

멋지게 만들고 꾸며주십니다.

그리고 목소리를 바꿔가면서 책을 읽어줍니다.

그래서 진짜 인물이 말하는 것 같아 재밌습니다.

나도 엄마처럼 책을 실감나게 다른 사람 앞에서 읽어주고 재활용품을 이

용하여 멋지게 꾸미고 만들 것입니다.

노래기

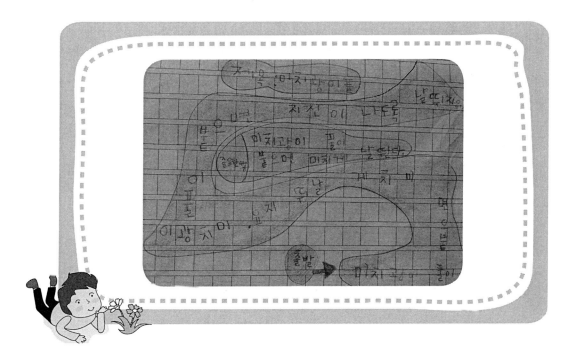

놀이터에서 120동 쪽으로 걸어가고 있는데 노래기가 보였다. 마침 배드민턴 채가 있어서 다른 데에 못 가게 막고 나는 집에 곤충 채집통을 가지러 갔다. 그 다음 배드민턴채에 붙어 있게 한 다음 곤충 채집 통에 넣었다.

이름은 오늘이 목요일이니 THURSDAY라고 지으려다가 인성이 이모가 1학년 2반이 주웠으니까 너희들 성을 따서 "변채양 어때?"라고 말했다. 나는 "노래기씨 어때?"라고 말했다. 친구들은 노래기씨가 더 잘 어울린다고 했다. 이제 다시 놔 주었다. 정말 아쉬웠다. 나중에 노래기씨를 다시 만난다면 내 얼굴을 기억할까? 다음에 노래기씨를 만나면 정말 좋겠다.

중간평가보기

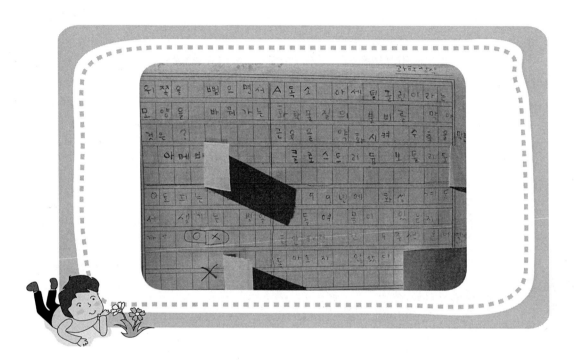

학교에서 처음으로 중간평가를 봤다.

6장 밖에 안 되는데 머리가 터질 것 같았다. 어려운 문제가 있었지만 내 예상이 맞을 수 있으니 풀어봤다.

국어는 25문제였다. 선생님은 짝꿍이랑 시험지를 바꾸고 선생님께서 답을 불러주면 짝꿍이 채점해 준다. 나는 국어에서 23점 맞았다.

수학은 밥 먹고 나서 채점했다. 수학도 25문제다. 나는 1개를 틀렸다.

그래서 24점이다. 총 47점 맞았다.

더 열심히 공부해 중간고사 때는 다 맞아야지.

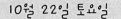

황당한 일

예슬이가 서재 방에서 무얼 하는지 조용했다. 엄마가 무얼 했냐고 물어봤지만 아무 말도 없이 내 방으로 갔다. 나는 아무 일도 아닐 거라고 생각했다.

저녁에 퇴근해서 아빠가 오시자 난 서재 방에 들어갔다. 그런데 머리카락이 있었다. 얼른 엄마, 아빠를 불렀다. 예슬이가 아빠 방에서 머리카락을 자른 것이다. 예슬이 앞머리는 까칠까칠 도토리 같았다. 나는 다섯 살 때 이러지는 않았는데. 왜 머리카락을 자를 생각을 한 걸까? 나는 머리가 이상하게 될까 봐 자르기 싫은데. "예슬아, 가위로 머리를 자르면 머리 모양이 이상해져. 다음에는 절대 혼자 머리카락 자르지마. 알겠니."

개구리 게임

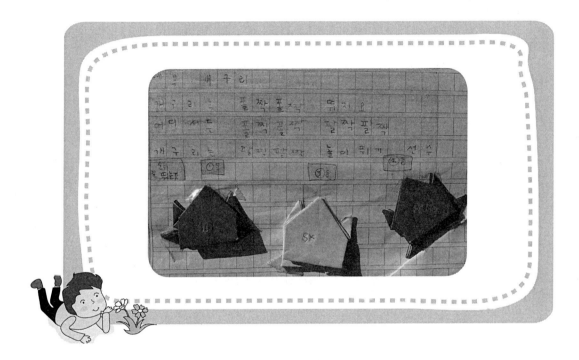

놀이터에서 개구리 구하기 게임을 인성이와 했다. 상자 위에 개구리를 올려 놓고 개구리가 높이 뛰어 다른 개구리를 밀쳐내면 된다. 10마리를 상자 위에 올려놓았는데 개구리들이 높이 뛰어 다 밀쳤다. 개구리들이 이렇게 높이 뛸지는 상상도 못했다. 내가 정말 잘 접었나 보다. 집에 와서 색종이로 개구리를 또 접었는데 초록색 개구리가 탁상달력도 뛰어넘었다. 어떻게 탁상달력도 뛰어넘을까? 높이뛰기 선수다. 진짜 개구리도 탁상달력은 못 뛰어넘을 것이다. 이번엔 소파를 뛰어넘을 개구리를 만들어 볼까?

비 오는 날

빗방울이 톡톡톡!

사람들은 버섯을 쓰지요. 버섯 같은 우산

땅속에서는 지렁이들이 쑥쑥 산책 나와요.

지렁이들은 산책을 재밌게 하고 개미들은 휴일

산속 동물들은 낮잠 아이들은 장화 신고 비옷 입으며 첨벙첨벙

나무와 꽃은 목욕하고 풀잎에서는 이슬이 대롱대롱 떨어질 것 같아요.

물방울들은 풀잎 미끄럼틀을 타고 또르르르르 내려가지요.

온 세상이 비가 내려서 샤워를 해요. 온 세상이 반짝반짝

친구들과 놀기

인성이, 정민이와 우리 집에서 놀았다.

나는 나무 블럭으로 도미노를 만들었다.

그래서 인성이와 정민이랑 넘어뜨렸다.

모두 성공했다.

그런데 꺾는 곳에서 너무 띄어 가지고 한 번 끊겼다.

앞으로 꺾을 때 도미노 간격을 최대한 좁게 해야지.

또 자동차 미끄럼틀을 만들었다.

위가 평평한 걸 골라 간격을 좀 띈다.

간격을 좀 띈 곳에 책을 비스듬하게 올려놓고 앞은 얇은 책을 또 비스듬히
올려놓는다.

그러면 완성.

이렇게 하면 자동차가 미끄럼틀을 탄다.

또 친구들과 놀면 좋겠다.

지진

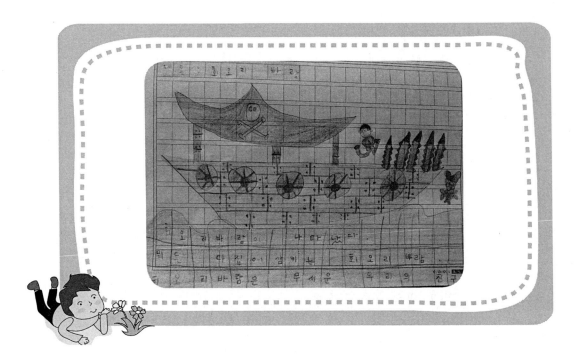

지지직 지지직 땅이 갈라진다.

동물들은 이삿짐 싸고 흙먼지 날리면서 달린다.

물고기들은 탱탱볼처럼 쿵쿵 올라간다.

개들은 폴짝폴짝 뛰고 사람들은 빨리 헐레벌떡하고 차단기를 내린다.

사람들은 그 다음 책상과 콘크리트 벽으로 대피. 으아악 지진이다.

건물은 무너지고 119는 쏜살같이 출동.

사람들이 너무 많이 다치는 위험한 지진. 지진 속에서 누가 살아남을까?

언제 일어날까? 위험한 지진.

치과

위에 난 어금니 홈 메우러 치과에 갔다.

기다리는 동안 컴퓨터로 게임을 하고 이름을

부르자 진료실 안으로 들어갔다.

윗니는 아직 다 나지 않아 하지 않고 일곱 살 때 홈을 메운 아래 어금니가

떨어져서 홈 메우기를 다시 해야 한다고 했다.

차를 기계들로 세차하는 것처럼 이도 기계로 세차하는 것 같았다.

조금 아팠지만 참을 만했다.

과학기술이 좀 더 발달돼서 아프지 않게 홈을 메우면 좋겠다.

그리고 침이 어금니에 닿으면 또 다시 해야 하니까 혀를 날아서 입친장에

붙여 어금니에 바른 약에 침이 묻지 않게 했다.

다음 주에 가서 왼쪽에 있는 어금니를 홈 메우고 3개월 뒤에 위에 있는 어

금니가 다 나면 그 어금니를 홈 메워야 한다.

한번 홈 메운 어금니는 홈 메운 것이 영원히 떨어지지 않으면 좋겠다.

앵그리버드 게임

놀이터에서 인성이 이모 스마트폰으로 앵그리버드 게임을 했다.

벽돌 등으로 쌓은 것을 부서서 새장에 갇혀있는 새를 구해야 된다.

방법은 앵그리버드를 새총으로 쏴 날리는 거다.

내 차례 때 제일 뒤 벽돌을 맞추자 그 벽돌이 도미노처럼 쓰러지자 새를 한꺼번에 구했다.

나는 한 번에 쓰러뜨려 높은 점수를 받았다.

야호 한 번에 쓰러뜨리다니 정말 좋다.

앵그리버드 게임은 정말 재밌다.

다음에 또 하고 싶다.

또 하면 오늘처럼 높은 점수를 받아야지.

가오리연

학교에서 가오리연을 만들었다. 준비물은 독수리모양 비닐과 막대 2개, 실이다. 먼저 독수리가 그려져 있는 비닐을 놓고 막대를 세로로 붙인다.
그 다음 또 다른 막대를 가로로 휘어지게 붙인다. 그리고 뒤로 뒤집어 막대가 만나는 곳 위와 아래에 구멍을 뚫는다. 또 구멍에 실을 묶은 다음 얼레랑 묶으면 완성. 비닐로 만들어 종이보다 잘 날았다.
내 연은 제일 높이 날았다. 연 날리기는 정말 재밌었다. 집에서는 방패연을 만들어 날려야지. 그런데 연은 비가 오고 바람이 안 불면 안 나니까 과학자가 돼서 특수연을 만들어야지.

뮤지컬 (1탄)

롯데마트 월드컵점에서 뮤지컬을 봤다. 제목은 "팥죽 할머니와 호랑이"다.

처음에는 팥죽 할머니 노래를 따라 불러보라고 했다. 그 다음 빛이 번쩍번쩍 거리면서 춤을 추고 공연을 했다.

줄거리는 호랑이가 동짓날 할머니를 잡아먹는다고 했다.

한편 송곳, 지게, 멍석, 절구는 자기보다 편리한 게 생겨 자기가 쓸모없어졌다고 투덜대고 있었다.

그런데 송곳이 오늘 호랑이가 온다는 걸 알아내서 지게, 멍석, 절구에게 알려주고 친구들을 더 불렀다. 그 친구들이 쇠똥, 밤, 자라다.

팥죽할머니는 친구들에게 팥죽을 주고 저녁에 호랑이가 오자 밤은 톡 때리고 자라는 손을 문 다음 송곳, 지게, 멍석, 절구가 달려들었다.

그 다음 쇠똥을 밟고 넘어지자 잡았다.

그리고 지게가 손수레를 끌고 강물에 빠트렸다.

진짜 사람들이 무대에 나와 공연을 하니 실감나고 재밌었다.

중간 중간에 불이 꺼져서 조금 싫었지만 다음에 또 보고 싶다.

또 힘을 합치면 모든 걸 할 수 있다는 것도 배웠다.

자동차 운전 [2탄]

집에 돌아가는 길에 가짜차를 운전하는 게 보였다.

나도 운전해보고 싶어 가보자 가짜차가 여러 대 있고 돈을 준 다음 탈 수

있었다. 예슬이와 은지는 오천 원을 나는 오백 원씩 넣으면서 탔다.

내가 운전대로 가고 싶은 곳을 갈 수 있어 재밌었다.

나는 직진도 하고 뱅글뱅글 돌아보고 이리저리 신나게 움직였다.

하마터면 쾅쾅 부딪칠 뻔 했지만 다행히 부딪히지 않고 피했다.

정말 신났다. 진짜 자동차를 타고 있는 것 같았다.

내가 진짜 자동차를 움직인다면 정말 재밌겠다.

오늘은 내가 차를 직접 운전을 해 움직여서 정말 신났나.

다음에도 이런 뱅글뱅글 쾅쾅 재밌는 차를 타면 좋겠다.

하지만 핸들을 잡으니 힘이 들었다.

자동차 로봇을 만들어 편리하게 가면 좋을 텐데.

제목 : 로켓

3, 2, 1, 발사

수많은 바퀴로 내 뱉으면 날아 가는 로켓

가자 GOGO 우주로 밤 잠 날 자 까지 언 없는

우주

로켓은 뱅 궤 쟁이

영화 "하늘에서 음식이 떨어진다면"

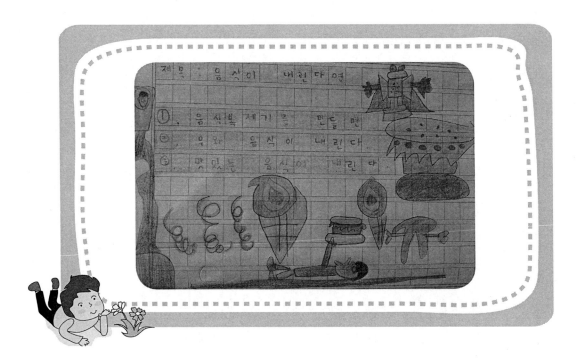

"하늘에서 음식이 떨어진다면"이라는 영화를 봤다.

줄거리는 정어리밖에 없는 꿀꺽퐁당 도시를 위해 괴짜 과학자 플린트는 음식복제기를 개발했다.

이 원리는 구름을 빨아들여 유전자를 바꾸면 된다.

그런데 실험 도중 음식복제기는 날아가 버린다.

그런데 맛있는 햄버거 비가 내리기 시작한다.

컴퓨터로 음식을 치면 그 음식이 내리는 것이다.

사람들은 매일 즐거워했다.

그런데 시장의 욕심으로 음식은 커지고 커져 음식쓰레기는 엄청난 양이 된다.

사람들은 빵으로 배를 만들어 떠나고 플린트는 음식 복제기를 부수러 간다.

그렇지만 통닭, 괴물, 음식물 쓰레기, 음식 바이러스가 있는데 그것들을 피하고 다행히 음식복제기 입구를 막는다.

진짜 음식이 내리면 좋겠다.

음식을 안 만들어도 돼서 편하고 아프리카, 북한 등에 음식을 내리게 해 굶주리지 않게 해 줄 수 있기 때문이다.

> 선생님 생각은 좀 다릅니다. 사람들이 열심히 일하는 이유 중의 하나가 음식을 얻기 위해서입니다. 그런데, 쉽게 음식을 얻게 된다면, 사람들이 게을러지지 않을까요?

11월

친구들이 좋아요

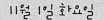

리본 돌리기

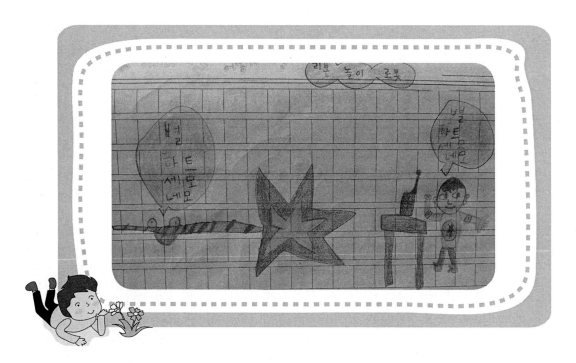

학교에서 리본돌리기를 선생님께서 주셨다. 내가 손으로 돌리면 그것도 내가 원하는 모양이 된다. 어떻게 줄로 모양을 만들까? 난 줄로 모양을 만들 수 없다고 생각했는데. 또 휙휙 빙글빙글 리본 놀이는 누가 먼저 만들었을까? 참 재밌는데. 나는 운동장에서 소용돌이 모양, 달팽이 집 모양, 구불구불 모양을 해봤다. 선생님이 주신 리본놀이는 집에서 돌려봐야지.

그리고 과학자가 돼 돌리는 게 힘드니 말로 하면 어떤 모양으로도 돌려지는 리본놀이 로봇을 발명할 거다. 또 휙휙 어떻게 돌아갈까? 금방 떨어질 거 같은데 어떻게 돌려질까?

나는 별, 하트, 어려운 모양을 할 수 있으면 더 좋겠다.

가족 발 그리기 숙제

선생님께서 가족 발 그리기 숙제를 내 주셨다. 참 재밌는 숙제였다.

나는 집에 와서 연주황 종이에 가족 발을 그렸다. 그 다음 연주황 종이를 오리고 하얀 도화지에 붙였다. 위에는 우리가족 발 그림이라고 쓰고 발아래에는 누구 발인지 이름을 썼다.

그리고 발에 눈 스티커를 붙이고 눈썹, 코를 그리고 색종이로 입을 잘라 붙였다. 그리고 반짝이 풀로 발톱을 칠하고 발뒤꿈치는 그림을 그렸다.

가운데는 발 그릴 때 자기가 했던 말을 쓰면 끝!

나는 숙제를 하면서 발이 살아 있으면 좋겠다는 생각이 들었다.

군대 가거나 심심할 때 발이랑 얘기하면 심심하지 않을 것이니까.

넌센스 문제

밥을 먹고 있는데 민승이가 문제를 냈다.

가, 나, 다 아저씨가 있었다.

가, 나, 다 아저씨는 내일 회의를 하기로 했다.

내일이 되자 가, 다만 옷을 입고 왔다.

누가 옷을 안 입고 왔을까?

이렇게 문제를 내자 나는 "나."라고 말했다.

그러자 민승이가 말했다.

"네가 옷을 안 입고 왔다고?"

생각해보니 정말 웃겼다.

밥을 다 먹고 성완이에게 문제를 내보니 성완이도 "나."라고 그랬다.

정말 웃기다.

내일은 선생님에게도 그 문제를 내볼까?

그리고 나도 민승이처럼 웃긴 문제를 만들고 싶다.

장성으로 감 따기 체험

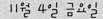

오늘은 체험학습 가는 날. 광주에서 장성으로 출발. 드디어 도착. 차는 도로에 두고 황토방으로 갔다. 거기서 대봉, 부유, 차랑 3가지 종류를 배웠다. 대봉은 홍시가 되고 처음에는 맛이 떫고 쓰다고 했다. 먹으면 달고 처음에는 주황색인데 붉은색으로 변한다. 부유는 우리나라에서 가장 많이 재배되고 단감이다. 차랑은 단감으로 납작하다. 그리고 감의 원산지는 미국, 중국, 우리나라다. 이제 감 따러 고 고. 땀을 똑똑 흘리며 감나무로 갔다. 너무 힘들었다. 1반과 2반을 맡은 여자선생님이 2명 있었다. 1반은 줄이 흐트러져도 갔는데 2반 선생님은 줄이 흐트러지면 안 가니 1반이 무척 부러웠다. 감나무에 도착하자 비닐봉지를 받고 나무를 올라가서 감을 땄다.

왜냐면 땅에 떨어진 건 더럽지만 감나무에서 딴 건 맛있을 것 같았기 때문이다. 그런데 감 가지가 평평한 나뭇가지가 아니고 빼빼로 같이 울퉁불퉁했다. 나무 타면서 감을 따는 것은 참 재밌었다. 그리고 감은 무척 단단했다. 돌로 만든 감 같았다. 감나무 잎은 싱싱한 오이냄새가 났다.

예슬이와 엄마는 감 따러 안 갔으니 내가 대신 잎을 가져왔는데 집에서 관찰도 할 수 있어 좋았다. 또 감을 따러 가고 싶다.

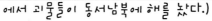
2층에서 기다리기

놀이터에서 인성이가 나처럼 자전거를 타고 싶다고 친구들에게 같이 자전거를 가지러 가자고 했다.

나는 자전거를 타고 다른 친구들은 걸어서 갔다.

하지만 정민이, 인성이, 민승이가 계단으로 2층까지 올라가서 엘리베이터 올라가는 버튼을 눌렀다.

나는 1층에서 눌렀는데 아무리 기다려도 엘리베이터가 안 와 2층으로 자전거를 들고 갔다. 너무 무거워 손이 후들 후들 떨렸다.

그런데 2층에서 친구들이 기다리고 있는 줄 알았는데 가버린 거다.

나중에 알고 보니 친구들은 11층으로 내가 먼저 간 줄 알았는데 나는 아직 2층에 있었던 거였다.

친구들은 11층부터 10층 9층 이렇게 모든 층을 검사했다고 했다.

하지만 나는 2층에서 계속 기다렸기 때문에 너무 답답했다.

다음엔 자전거를 엄마에게 주고 걸어가야지.

그래야 친구들하고 길이 엇갈리지 않을 테니까.

"미세스 다웃파이어"

다니엘 아내 미란다는 다니엘이 싫어서 다니엘과 이혼을 하게 된다.

법원은 다니엘에게 일거리와 집을 구하면 1주일에 한 번씩 아이들을 볼 수 있도록 했다. 다니엘은 목소리를 바꿔 미란다에게 집을 돌봐도 되냐고 물어보고 이름은 미세스 다웃파이어라고 했다.

다음날 아우에게 할머니로 분장을 시켜달라고 한다. 그리고 미란다의 집으로 가서 아이들을 돌본다.

하지만 요리하는 법을 몰라 중화요리 전문점에 전화를 하고 다음부터는 요리하는 법을 배운다.

어느 날 화장실에서 음경으로 쉬를 싸는 걸 아이들이 보자 첫째, 둘째에게만 아빠라며 정체를 밝힌다. 그리고 파티 때 드디어 가족들에게 정체를 밝힌다. 나중에는 한 가족이 되어 행복하게 산다.

나는 화장실에서 할머니 분장을 하고 음경으로 쉬한 게 가장 웃겼다.

그리고 내 생일 때도 영화처럼 동물들을 집에 데리고 오면 좋겠다.

왜냐하면 말을 타고 달리고 싶기 때문이다. 또 다니엘은 정말 똑똑한 것 같다. 아이들을 돌보는 사람을 구하는 것을 알아 목소리를 바꿔 자기가 집 안일을 한다고 했으니까. 나도 다니엘처럼 똑똑하면 좋겠다.

우리 가족은 떨어지지 않고 함께 모여 살아 동글동글 지구만큼 좋다.

야구게임

정민이 집에서 야구게임을 가져와 놀이터에서 보드게임을 했다.

방법은 야구 판을 펼치고 투수와 타자 카드를 놓는다.

가위, 바위, 보를 해 타자를 먼저 할 사람을 정하고 광주, 서울, 부산 같은
도시를 정한다. 그 다음 경기를 시작하면 된다.

정민이는 심판을 맡고 나와 인성이랑 했다. 나는 처음에 타자를 했다.

내가 쓰는 카드는 주로 3루타, 2루타였다. 3루타를 내고 2루타를 내면 점
수가 올라갔다. 투수 때는 삼진아웃을 주로 했다.

결국 6대 9로 내가 이겼다. 인성이는 게임에서 져서 "으, 정말." 하며 쾅쾅
나에게 머리를 못처럼 박았다. 하지만 내가 이겨서 정말 좋았다.

야구는 정말 재밌다. 우리 집에도 야구게임이 있으면 좋겠다.

오래 매달려 있기

놀이터에서 나, 정민이, 인성이가 놀았다.

구름사다리 건너가는 데에 철봉처럼 생긴 부분을 잡고 오래 매달려야 된다.

매달려 있었는데 몸이 덜렁덜렁 떨어질 것 같았다.

하지만 하늘을 볼 수 있어 좋았다. 나는 오십초 버티고 내려온 다음 인성이와 정민이가 매달렸다. 인성이와 정민이가 매달린 아래를 보니 등이 보였는데 돌처럼 굳어 있었다. 옷은 아래에서 그네처럼 흔들흔들 거렸다.

정민이는 28초, 인성이는 5초로 정민이가 이겼다.

"나도 할래." 하고 정미 누나가 와 인성이와 정미 누나가 붙자 나는 그물 위로 올라갔다. 얼굴을 찡그리고 있는 정미 누나와 인성이가 보였다.

그물다리에서 흔들어보자 몸통이 휙휙 흔들어졌다. 정미 누나는 더 오래 버텨 정미 누나가 이겼다. 나는 옷이 흔들흔들 춤을 추는 게 가장 재밌었다.

또 오래 매달리기를 하면 좋겠다.

가을 동산 꾸미기

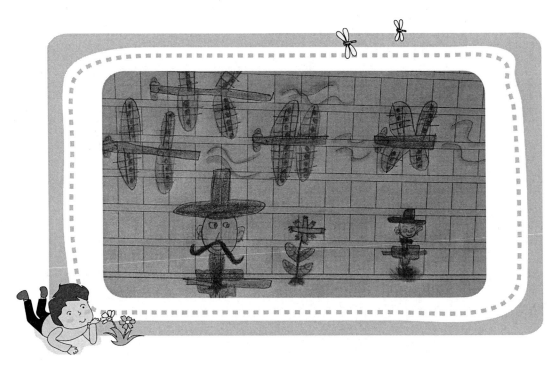

학교에서 가을동산을 꾸몄다. 잠자리 1개, 허수아비 1개, 코스모스 5개를 만들어야 한다. 허수아비는 선생님이 뼈대와 내가 그린 내 얼굴 그림으로 만들어 주셨다. 그 다음 옷은 내가 색종이로 했다. 뒤에 붙여놓자 멋지게 허수아비가 서 있는 것 같았다. 잠자리는 수수깡에 색종이로 날개를 4개 붙이고 종이를 가늘게 잘라서 그물 모양처럼 꾸몄다. 그 다음 앞에 수수깡 고정 핀을 꽂고 수수깡을 작게 잘라 붙인다. 그 위에 모형 눈알을 붙인 다음 잠자리 날개에 작은 수수깡을 붙이면 끝. 잠자리가 웃으며 팔랑팔랑 날아가는 것 같았다. 코스모스는 긴네모로 자른 종이를 6개 겹치고 가운데에 동그란 스티커를 붙이면 끝. 꽃들이 활짝 웃으며 핀 것 같았다.

지혜로운 바보

옛날 옛날에 아무것도 할지 모르는 바보가 살았다.

다른 아이들은 나무도 베고 새끼줄도 꼬는데 너는 밥 먹는 것과 자는 것 밖에 모른다고 엄마가 말했다.

바보는 엄마에게 괭이를 하나 챙겨달라고 해서 괭이로 땅을 파 새똥과 개 똥을 채우고 참깨 한 섬을 부었다.

며칠 후에 밭에 나가보니 거인 같은 참깨나무가 됐다. 그 참깨나무로 참기 름을 짰다. 그런데 장에 가서 참기름을 팔지 않고 참기름 통에 강아지만 담 갔다 빼는 것을 반복했더니 강아지에게 킁킁킁킁 고소한 냄새가 났다.

바보는 또 칡넝쿨을 구해 강아지 목에 묶고 호랑이가 많은 산에 들어가서 나무에 칡넝쿨을 묶었다.

으르렁 으르렁 호랑이가 고소한 냄새를 맡고 강아지를 봤다.

강아지를 먹으려고 했는데 입으로 삼켜서 똥구멍으로 빠져나와버렸다.

그걸 계속 반복해 바보는 호랑이 가죽을 얻게 되었다.

나도 바보처럼 지혜로우면 좋겠다.

지혜로운 사람이 돼서 멋진 걸 만들 것이다.

그리고 엄마 말대로 했으면 바보는 호랑이 가죽을 얻지 못했을 것이다.

또 참깨를 따로 따로 심었으면 참깨나무가 되지 않았을 것이다.

나도 한꺼번에 씨앗을 심어볼까?

알뜰시장

오늘 학교에서 알뜰시장을 했다. 나는 책, 색연필, 패트와 매트를 가져갔다.
먼저 패트와 매트를 동하에게 팔아 굴착기를 샀는데 고상이 나서 수혁이에
게 공짜로 주었다. 색연필은 다인이와 연필로 바꿨다.

또 책을 자동차와 바꾸고 다시 자동차를 서현이에게 팔아서 예슬이에게
줄 핀을 샀다. 그리고 석현이가 인형을 공짜로 주고 주현이는 귀가 움직이
는 장난감을 줬다. 또 빼빼로데이 때 준 빼빼로를 창현이에게 줘서 마지막
으로 만화경을 샀다. 나는 이 중에서 만화경이 정말 정말 좋다.

만화경은 구멍을 통해 안을 들여다 보면 안에 있는 색유리 조각이 보인다.
아주 멋졌다. 퍼즐을 맞추는 것 같다.

형광등 불빛 아래에서 본 눈 결정체 같은 모양이 제일 멋지다.

왜냐하면 눈 결정체 모양 중에서 동그란 모양이 번쩍 번쩍 빛이 나기 때문
이다. 또 모양들이 조그맣게 오므라드는 것 같다.

나중에도 또 알뜰시장을 하면 좋겠다. 왜냐하면 내가 갖고 싶은 물건으로
바꿔 쓰면 새로운 물건을 사지 않아도 돼 낭비를 안 해도 되기 때문이다.

질병 + 우주 퀴즈

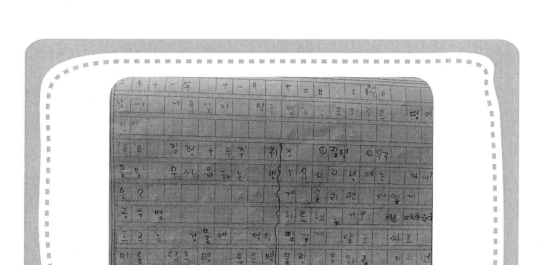

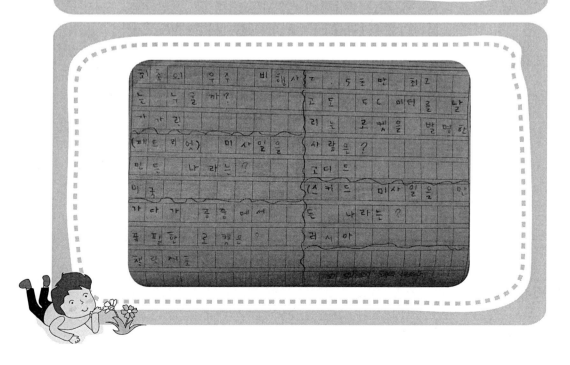

백두산 호랑이, 호랑나비, 꼬마 저승사자 마꼬에게 편지쓰기

백두호랑마꼬에게. 백두산 호랑이야, 저승사자 마꼬야, 호랑나비야.

너희는 어떻게 많은 귀신을 잡았니? 나는 밤에 귀신이 나올까 봐 너무 무서워서 잘 때 이불을 뒤집어쓰고 자. 하지만 너희는 참 용감하구나!

나쁜 귀신을 잡은 것처럼 우리나라의 도둑도 잡아주면 좋겠어. 또 정말 거짓말 탐지기 같은 업경대가 있니? 그리고 나도 꼭 너처럼 귀신을 잡을 만큼 용감해지고 싶어. 나는 커서 저승사자 로봇을 만들어 나쁜 짓을 하는 사람은 지옥으로 보내버릴 거야. 그 다음 귀가 안 들리도록 하는 방울을 만들어 나쁜 짓을 하면 방울이 흔들려 귀가 안 들리게 해야지.

비밀번호 찾기

컴퓨터시간에 컴퓨터를 하러 갔다. 선생님께서 기억에 남는 책 줄거리를 쓰라고 하셨다. 학교 홈페이지에 글을 쓰려면 로그인을 해야 한다.

나는 아이디를 알았지만 비밀번호가 생각이 안 났다. 엄마 전화번호 뒷자리와 그냥 아무렇게 숫자를 쳐봤지만 계속 다시 하라고 했다.

20번을 넘게 해보고 비밀번호 찾기도 들어가 봤지만 비밀번호 찾기도 못했다. 할 수 없이 민지를 불러서 핸드폰을 빌려 주라고 해 엄마에게 전화를 해서 비밀번호를 드디어 알아냈다. 그런데 수업이 끝나 선생님께서 다시 교실로 가자고 하셨다. 앞으로 기억력이 좋아지는 콩을 많이 먹어야겠다.

다음부터는 절대 비밀번호를 잊어버리지 않아야지.

'에슐리'에 가서

에슐리라는 뷔페에 갔다. 가서 볶음밥과 아이스크림, 콜라, 쿠키, 과일, 와플, 단호박 샐러드를 먹었다.

제일 맛있었던 것은 아이스크림이다. 차가우면서 사르르 녹았다.

그리고 콜라는 혀에 가시가 박힌 것 같지만 가시가 박힌 느낌이 참 재밌어서 또 먹고 싶다.

음식을 너무 많이 먹자 배가 불렀다.

그래서 남은 초코 아이스크림, 주스, 사이다, 콜라를 장난으로 섞어보자 갈색이 됐고 쓰고 단 맛이 조금 나는 이상한 맛이 되어버렸다. 참 재밌었다.

엄마랑 같이 안 가서 아이스크림도 듬뿍 먹고 콜라도 먹어서 신났다.

특히 작은 냄비 같은 데에 눈사람처럼 퍼서 먹어 정말 좋았다.

에슐리는 뷔페 대장. 만세. 만세. 다음에 또 에슐리 가고 싶다.

눈

눈이 옵니다. 우리 집 앞 유리창에도 눈이 스르륵 미끄럼 탑니다.

베란다 난간에는 고드름이 대롱대롱 "뭐가 제일 클까?"

아이들은 밖에 나가 이글루 만들고 펑펑 눈싸움 하지요.

시골 집 앞에는 집집마다 눈사람이 하나씩 놓여 있지요.

화난 눈사람, 슬픈 눈사람, 우는 눈사람, 웃는 눈사람.

사람들은 눈을 맞을까 봐 우산 쓰고 우산은 안 챙긴 사람은 얼굴을 찡그

리면서 눈을 맞지요. 눈은 내가 가장 좋아하는 날씨.

아빠, 엄마 어린 시절 사진

어제 선생님께서 '아빠, 엄마 어린 시절 사진 가져오기'라는 숙제를 내주셨다.

아침부터 친구들은 시끌시끌했다.

친구들이 자석으로 칠판에 사진을 붙이길래 나도 붙여봤다.

친구들은 멋지다고 했다. 정말 기분이 좋았다.

선생님이 오시자 선생님께서 사진을 주라고 하셨다.

다른 친구들 것 사진도 정말 멋졌지만 우리 엄마, 아빠가 제일 멋지다.

선생님께서 이런 재밌는 숙제를 내주셔서 좋다.

이번엔 우리 어린 시절 때 사진을 가져오시라고 할까?

가루약, 알약, 열파스

가루약, 알약, 열파스는 선생님께서 나무막대기로 때리는 것 이름이다.

선생님께서 잘못한 친구들에게 막대기로 때리다가 이런 이름이 붙여졌다.

알약은 따로 따로 '따악 따악' 때리고 가루약은 '다다다다다' 때린다.

오늘은 규철이가 말을 안 들어서 열파스가 만들어졌다.

열파스는 '다다다다다다다다닥' 엄청 아프게 연속으로 때린다.

그걸 맞으면 친구들은 항상 얼굴을 찡그린다.

나는 안 맞아봐서 모르지만 얼마나 아플까?

나중에는 엄청 아픈 약이 만들어지겠지.

그때는 내가 청양고추약이라고 할 거다.

왜냐하면 청양고추를 먹는 것처럼 엄청 아플 것 같기 때문이다.

도전 골든 벨!

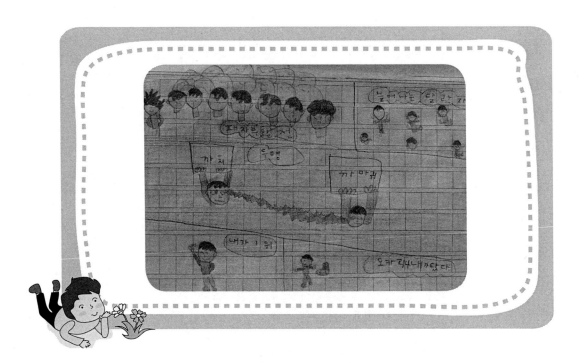

오늘 1~2교시에 강당에서 골든 벨 퀴즈를 했다.

책을 20권 읽고 문제를 풀어야 된다.

먼저 ○ X 문제로 많은 친구들이 떨어졌다.

패자부활전을 해 몇 명의 친구가 살아 남았다.

그 다음 이제 진짜 판을 들고 골든 벨을 했다.

어떤 문제를 낼 때 생각이 잘 안 났지만 차분히 생각해 다 맞췄다.

점점 탈락자들은 늘어났다. 이제 나와 창현이가 남았다.

친구들이 응원해줬다. 몸이 후들후들 가슴이 콩닥콩닥 뛰었다.

드디어 문제를 냈다. 정답을 공개했는데 내가 맞았다.

우와. 내가 금상을 탔다. 내가 읽고 싶은 책을 못 읽어서 싫었지만 골든 벨에서 금상을 타니 기분이 반짝반짝 좋았다.

그 다음 친구들과 치로와 친구들 실내 놀이터에 가서 재밌게 놀았다.

제일 재밌었던 건 통통통 쾅쾅 뛰는 데다.

온통 분홍색으로 성처럼 꾸며진 데가 있는데 푹신푹신해서 온 몸이 뼈다귀가 되게 뛰었다. 하늘을 나는 것 같았다.

닌텐도는 아이들이 줄을 많이 서서 기다리는 시간이 지루했다.

치로와 친구들 최고. 또 가고 싶다.

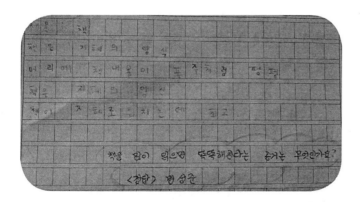

낙하산

낙하산은 하늘에서 땅으로 착륙하기 위한 도구이다.

낙하산을 만드는 준비물은 가위, 셀로판테이프, 색종이다.

만드는 방법은

1. 색종이 위쪽을 세로로 5번 자른다.

2. 그 다음 종이를 돌돌 만다.

3. 셀로판테이프로 붙이고 접으면 완성.

의자 위로 올라가서 낙하산을 손으로 놔보니 빙글빙글 돌았다.

낙하산이 회오리바람에 휘말린 것 같다.

어떻게 색종이로 만든 낙하산이 빙글빙글 도는 걸까?

나는 또 새로운 낙하산을 색종이로 만들어 재밌게 놀아야지.

빙글 빙글 휙휙 종이로 만든 낙하산 돌리기 신.

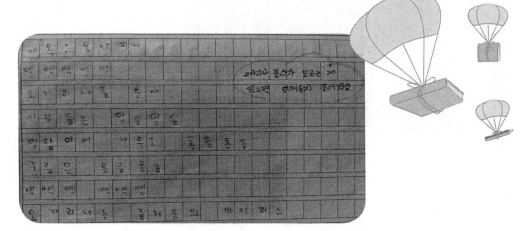

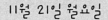

나에게 요술 항아리가 생긴다면……

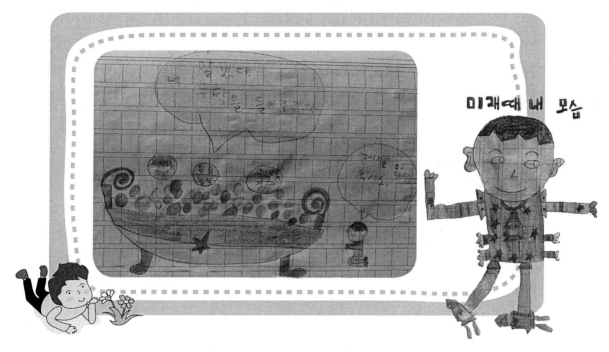

미래에 내 모습

듣말 시간에 나에게 무엇이든 많이 나오게 하는 요술 항아리가 있는데 무엇을 많게 할 건지에 대해 공부했다. 나는 경찰로봇, 음식, 의사로봇을 많게 할 거라고 썼다. 왜냐하면 경찰로봇은 서울, 광주, 부산 등 지역에 도둑, 강도를 잡을 수 있으니까 썼고, 음식은 음식을 먹고 싶어도 못 먹어 세상에 굶어죽는 사람이 없게 하려고 썼고, 의사로봇은 여러 가지 못 고치는 병을 치료할 수 있으니 썼다. 나는 과학자가 돼서 꼭 이런 요술 항아리를 만들 거다. 그래서 도둑과 강도가 없게 하고 세상에 굶주리는 사람이 없도록 하고 꼭 못 고치는 병을 치료해야지.

김지환이……

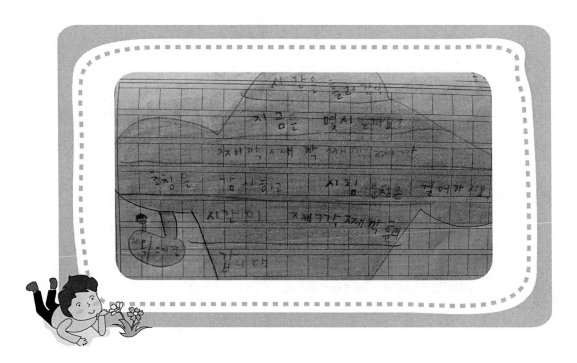

슬생 시간에 김지환이 말을 너무 안 들어 "집에 가라. 그러면 학교 오지 마."라고 선생님께서 그러셨다. 그러자 나는 '갈 리가 없지.' 이렇게 생각했는데 지환이가 가방을 싸더니 갔다. 나와 친구들은 깜짝 놀랐다.

선생님께서도 많이 황당했을 거다. 수업도 안 끝났는데 갈 수 있을까?

마지막으로 지환이는 "바둑학원 가야지."라고 말했다.

지환이는 정말 바둑학원에 갔을까? 놀았을까? 뭘 하고 있을까?

지환이가 걱정된다. 나는 절대 지환이처럼 혼나지 않아야지.

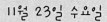 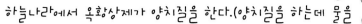

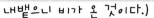 바람개비 만들기

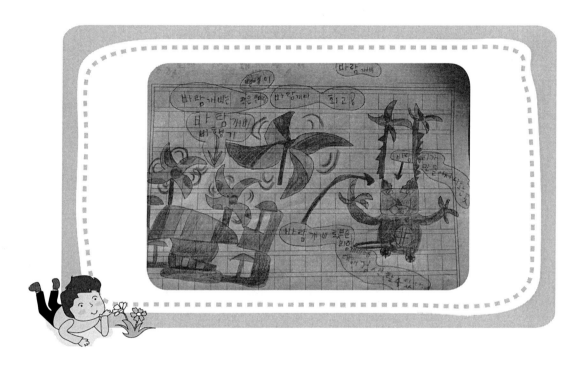

 학교에서 바람개비를 만들었다. 준비물은 색지, 가위, 압정, 나무젓가락이다. 만드는 방법은 먼저 색지를 가운데 조금 남겨놓고 대각선으로 4번 자른다. 그 다음 부메랑처럼 접고 압정으로 가운데를 꽂고

나무젓가락 위에다 꽂으면 끝. 바람개비를 불었는데 돌아가지 않았다. 이상했다. 수혁이가 불어보니 정말 잘 됐다. 계속 불어봤는데 왜 안 불어졌는지 알았다. 뾰족한 부분을 불었더니 빙글빙글 잘 돌아갔다. 나중에도 무엇이 잘 안 되면 생각해 되는 방법을 찾아야지. 바람개비는 미니 뱅뱅이.

김치 담그는 법

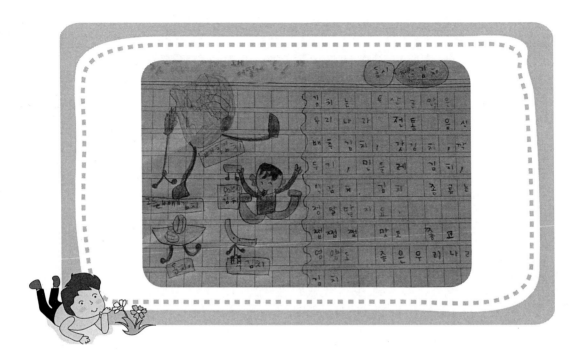

쓰기 시간에 '김치 담그는 법'에 대해 얘기했다. 김치는 어떻게 담그는지 일어서서 발표했다. 먼저 수혁이가 했는데 김칫소를 넣지 않아서 맛이 좀 이상할 거 같았다. 서린이도 똑같이 수혁이 방법대로 했다. 선생님께서 김치를 만드는데 50분이 걸린다고 하셨다. 그리고 친구들은 소를 고춧가루밖에 얘기하지 않았지만 나는 생굴, 생새우, 젓국, 찹쌀 풀, 고춧가루를 넣는다고 얘기하자 친구들이 책상을 계속 두두두두두두두두 두드렸다. 친구들은 내가 제일 잘 얘기했다고 하고 선생님께서도 그러셨다.

앞으로 김치에 대한 걸 더 많이 알아야지. 김치는 우리나라에서 가장 맛있는 음식. 그리고 그냥 김치는 매운데 김치 부침개와 김치찌개에 들어있는 김치는 안 매웠다. 앞으로 김치를 안 맵게 하는 요리가 더 많이 나오면 좋겠다.

『터무니없어씨』 독후감

터무니없어씨는 터무니없어 나라에 산다. 그것에 대해 다른 친구들이 물으면 늘 터무니없는 대답을 한다.

터무니없어씨는 엉뚱씨와 아주 친하다. 이 이야기는 눈이 내렸을 때의 이야기다. 눈은 하얀색이 아니라…… 노란색이다.

나도 내가 눈 색깔을 조정할 수 있으면 좋겠다. 그들은 눈싸움을 했다. 그런데 터무니없어씨 공은 네모났다. 나도 눈싸움을 할 때 공을 네모모양으로 만들어 볼까?

그들은 터무니없는 눈사람을 만들고 침대 썰매를 타고 가파른 비탈길을 미끄러져 내려갔다. 주르르르르르르르륵~~~~~야호. 신난다.

그 다음 바람놀이를 했다. 엉뚱씨가 바람놀이가 무엇이냐고 물어보자 터무니없어씨는 "창문을 열어놓으면 바람이 들어오지요. 그게 바람놀이에요." 참으로 간단한 바람놀이다. 나도 예슬이와 함께 터무니없어씨처럼 바람놀이를 해볼까?

크리스마스트리 장식과 산타할아버지께 편지쓰기

집에서 크리스마스트리를 장식했다. 먼저 기다란 기둥에 솔잎가지를 꽂았다.
그 다음 반짝 반짝 번쩍번쩍 불빛이 나고 크리스마스 캐럴 노래가 나오는
전선도 감았다. 나라면 노래에 대한 춤이 나오는 영상도 만들었을 텐데.
그런 다음 공, 꽃무늬 장식용품, 솔방울, 별, 종, 리스를 매달았다.
나는 세모 모양 말고 별모양 소나무였으면 좋겠는데.
전선을 꽂자 반짝반짝 불이 들어오니 내 기분이 반짝이는 것 같았다.
그 다음 산타할아버지께 편지를 썼다. 온갖 정성을 다하고 힘을 써 만들었다.
천체망원경이 갖고 싶다고 썼는데 왜냐하면 내가 천체망원경으로 별자리를
만들고 싶기 때문이다. 과연 주실까?

11월 27일 일요일   나들이하기 좋은 날.

백양사에 가면서

백양사에 갔다.

백양사에 가는데 응가가 마려워서
톨게이트 옆 건물에서 응가를 했다.
응가를 다하고 건물을 빠져 나가려
고 했는데 어떤 방문이 열려 있어
보니 한쪽 벽에 TV가 여러 대가 있
어서 신기해 봤더니 고속도로에 차
가 지나가는 게 보였다.

이걸 보고 차가 움직이는 모습을 볼 수 있어서 신기했다.

다시 차를 타고 지나가는데 감나무가 보였다.

그런데 까치들이 감을 콕콕콕 쪼아 먹고 있었다.

그 감은 홍시일까? 단감일까? 맛있을까? 쩝쩝쩝.

또 가니까 주전자집이 보였다.

도자기를 조각조각 붙여서 만든 집이다.

주둥이에서 연기도 났다.

정말 멋진 집이었다.

나는 신발 집을 만들 거다.

백양사에 가면서 구경 잘했다.

상장 + 공책 + 문화상품권

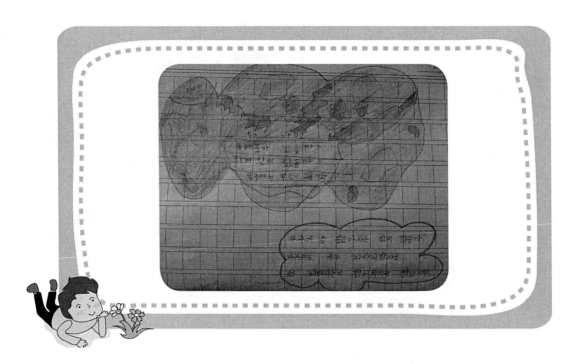

독서 골든벨에서 1등을 해 오늘 상장과 문화상품권, 공책을 받았다.

2등은 공책 2권, 3등은 공책 1권을 받았다. 친구들은 내가 문화상품권을 받자마자 "좋겠다" "좋겠다" "좋겠다" 계속 좋겠다고 했다.

나는 공책과 문화상품권이 더 좋았다. 상장은 계속 보기만 하지만 공책과 문화상품권은 쓸 수 있기 때문이다.

2학년 때도 독서 골든벨 1등을 해서 문화상품권과 공책, 상장을 타야지. 그리고 문화상품권, 공책, 상장을 못 받은 친구들아, "꼭 2학년 때 잘해 공책, 상장, 문화상품권을 받아."

무궁화

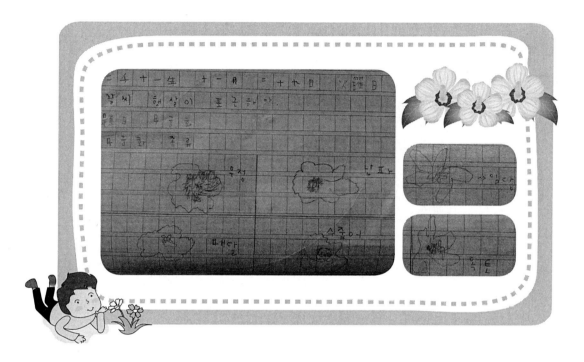

우리나라 꽃인 무궁화의 잎은 갈잎떨기나무 잎이고 어긋나고 끝이 3개로 얕게 갈라진다. 꽃 색깔은 흰색, 분홍색이고 안쪽에 진한 자주색 무늬가 있으며 품종에 따라 겹꽃과 홑꽃이 있다.

무궁화가 우리나라 꽃이 된 이유는 은은하고 우리 조상들의 성격과 잘 어울려서라고 했다. 열매는 10월에 익으며 익으면 5개로 갈라진다.

속에 씨가 들어있다. 가까이 보면 암술과 수술, 가운데 방 모양으로 생긴 것은 암술대고 옆에 달려있는 것은 수술이다.

앞으로 무궁화를 사랑하고 잘 키워야지.

구름 위에서 식사

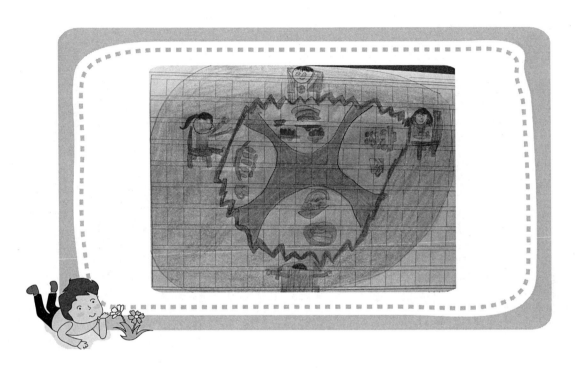

구름 위에서 식사를 한다면 좋겠다. 그러면 하늘을 바라보며 맛있게 식사를 할 수 있기 때문이다. 그리고 구름을 타고 음식을 갖다 주는 사람은 얼마나 재밌을까? 하늘에서 구름으로 만든 음식과 무지개를 먹고 싶다.

무지개는 달콤하고 시원하고 구름은 사르르 꿀 같을 거다.

나는 구름 위로 순간 이동하는 '순간이동 로봇'을 만들 거다.

그래서 하늘에 집을 짓고 날마다 구름 위에서 무지개와 구름을 먹어야지.

그 다음 사람들에게도 순간이동 로봇을 줘 즐겁게 해야지.

하지만 땅에서 못 살게 되니 일주일에 1번 땅에 내려가 살 거다.

12월
몸과 마음이 컸어요

위

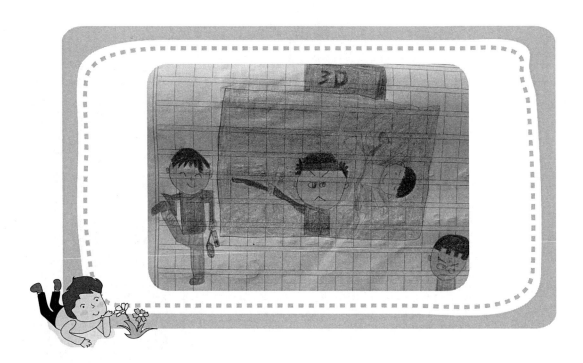

정민이네 집에서 '위'를 했다. 손으로 움직여서 조정하는 거다.

자전거, 검술, 야구, 농구, 복싱, 골프 등 스포츠 리조트가 있었다.

나는 검술, 야구, 복싱, 자전거라는 리조트 스포츠가 제일 재밌었다.

축구, 수영, 달리기가 더 있으면 좋겠다. 그런데 없어서 좀 아쉬웠다.

정민이 집에서 '위'를 실컷 했다. 나도 꼭 있으면 좋겠다.

버튼을 누르지 않고 손을 이용해 조정하니 손 운동도 되고 재밌기 때문이다.

"엄마, 아빠 '위' 사주세요." 만약 안 사주면 세상에 있는 모든 스포츠 리조트가 있는 '위'를 내가 만들어야지.

우리 반은 봉사 반

오늘 아침 우리 반이 봉사반이어서 집게로 쓰레기를 주워야 한다. 하지만 쓰레기가 잘 안 주워져서 손으로 주웠다. 그래서 맨손이 더 편하다는 걸 알게 되었다. 그런데 손이 시렸다. 계속 가는데 볼펜이 2자루가 있어서 민승이가 주워 1자루씩 나눠 가졌다. 친구들은 볼펜을 보고 "너희는 정말 운이 좋구나."라고 말했다. 그 다음 앵그리버드 지우개와 스티커를 찾았다. 이제 쓰레기를 다 줍고 교실에 왔다. 쓰레기도 줍고 멋진 물건도 발견해 정말 좋다. 봉사 반 최고. 하지만 힘드니 멋진 물건도 줍고 쓰레기도 줍는 로봇이 있으면 좋겠다. 꼭 만들어야지. 월요일에는 눈이 오면 좋겠다. 눈을 맞으며 쓰레기를 주우면 재미있으니까.

효광 한마당 축제

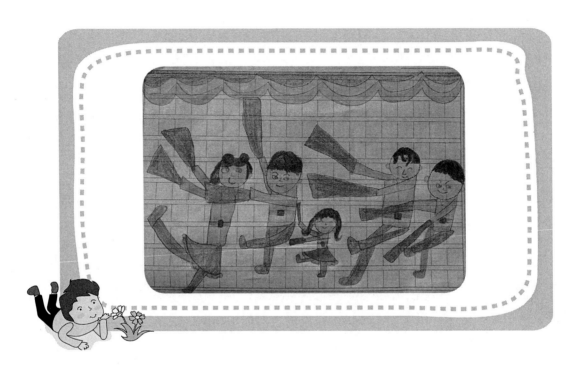

효광 초등학교에서 버스를 타고 광주학생교육문화회관으로 갔다.

광주학생교육문화회관 안에 있는 무대에서 춤을 췄다.

먼저 우리 반 인성이와 1반 고경미가 인사말을 하고 불빛이 번쩍이며 축제
를 시작했다.

처음에 효광합창부터 공연을 했다.

우리순서는 21번째여서 다른 공연을 보느라 참 지루했다.

우리차례가 되자 친구들은 말이 많았다.

무대로 올라가서 최선을 다해 무용을 했다.

사회 보는 부회장, 회장은 귀엽고 깜찍한 무대라고 했다.

친구들은 퇴장을 하는 곳으로 우르르 몰려들었다.

제일 재밌었던 것은 체조 공연이었다.

특히 덤블링, 피라미드 쌓기가 정말 멋졌다.

내가 2학년이 되면 꼭 체조를 하고 싶다.

그 다음 공연을 보고 교실에 도착해 옷을 갈아입었다.

옷을 갈아입은 다음 우리 엄마와 인성이 엄마가 간식으로 넣어준 꽈배기 빵과 초콜릿 우유를 먹었다.

하지만 인성이와 내가 간식을 나누어 주지 않아서 좀 아쉬웠다.

아이스크림과 햄버거 먹기

영풍문고 앞에 있는 베스킨라빈스에서 아이스크림을 먹었다. 쿼터 크기를 먹기로 하고 네 가지 종류를 골랐다.

슈팅스타, 아몬드 붕붕, 파스타치오 아몬드, 레인보우 샤베트를

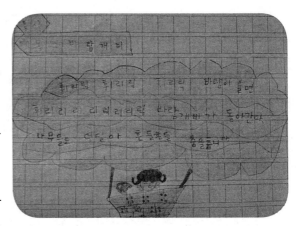

먹었는데 레인보우 샤베트가 사르르 녹고 제일 달콤해서 정말 맛있었다.

2번째로 맛있었던 건 슈팅스타였다. 톡톡 아이스크림이 터져서 입에서 폭죽을 터뜨리는 거 같았다. 그래도 배가 고파 아빠가 햄버거를 먹자고 해 롯데리아에 가서 불고기버거를 먹었다.

햄버거를 우적우적 맛있게 먹고 시원한 콜라도 먹었다. 콜라를 먹었는데 작은 사람들이 혀에 못을 박는 것 같았다. 정말 따끔따끔했다.

햄버거를 다 먹자 태극 천자문 카드와 팽이를 롯데리아에서 줬다.

카드에는 얼음 빙 한자가 쓰어 있었고 팽이는 다른 친구들이 가진 메탈베이블레이드 팽이보다 더 커서 팽이시합을 하면 계속 내가 이길 거다.

정말 즐거운 하루였다.

태균이 생일잔치

태균이의 생일이어서 빕스에 갔다. 나와 지후, 민승이, 정민이, 인성이가 초 대받아서 태균이 생일을 축하하러 갔다.

친구들이 모두 다 오자 샐러드바에서 음식을 가져다 먹었다.

내가 먹었던 음식은 새우, 콜라, 아이스크림, 옥수수, 통닭이 있는데 제일 맛있었던 음식은 망고와 새우다.

한참 맛있게 먹고 있는데 갑자기 큰 박수 소리와 함께 "축하합니다. 결혼을 축하합니다."라는 노래 소리가 들렸다.

노래가 끝나자 한 아저씨가 와서 "얘들아, 미안하다."라고 했다.

우리도 생일 축하 노래를 불렀으니 미안하다고 해야 하나.

케이크를 맛있게 먹고 '공공칠빵' 놀이를 했다.

진 사람은 엉덩이로 이름쓰기를 했다. 나는 잘해서 계속 통과했다.

진 사람은 벌칙을 했는데 개그는 친구들이 장난 식으로 했고 민승이가 한 엉덩이춤이 제일 웃겼다.

나올 때 풍선도 받아서 111동 놀이터에서 풍선을 날리고 마음속으로 소원 을 빌었다. 내년에 내 생일이 되면 나도 태균이처럼 친구들을 초대해야지.

줄넘기

학교 뒤 자갈밭에서 줄넘기를 했다. 처음엔 10개도 한 번에 못했지만 엄청 잘하게 됐다. 선생님은 줄넘기 200개를 하라고 하셨다.

나는 빠르게 200개를 하고 줄넘기 연습을 더 했다. 그래서 가위 바위 보도 줄넘기로 했다. 하지만 2단 뛰기, X표 만들기는 잘 못했다.

더 연습을 해서 2단 뛰기, X표 만들기를 꼭 성공해야지. 다른 친구들이 줄넘기 연습을 하는 것을 보니 친구들도 잘했다.

운동도 되고 줄넘기도 잘해져 정말 좋았다.

흑흑 시간 초과

단원평가를 봤다.

시간을 별로 안 줘서 몇 문제 못 풀었다.

흑흑흑흑흑흑흑흑.

그래서 푼 문제는 채점하고 안 푼 문제는 선생님이 불러준 답을 적어서 집에 가져왔다.

못 풀었지만 집에서 한 번 살펴볼 것이다.

그런데 선생님은 왜 시간을 별로 안 주신 걸까?

"다음에는 시간을 꼭 넉넉하게 주세요. 선생님."

하지만 또 별로 시간은 안 주실수 있으니 빨리 푸는 연습도 꼭 해야지.

그리고 답을 빨리 불러서 못 적은 답도 있었으니 선생님께서 답을 부르고 좀 쉬면 좋겠다.

『트로이 목마』 독후감

그리스는 트로이를 10년이나 공격했지만 트로이를 무너트리지 못했다. 그리스 예언자 칼라스는 네 가지를 이루어야 한다고 했다.

첫째, 아킬레우스의 아들을 데려오고 둘째, 헤라클레스 활을 가져오라고 했다. 이 말을 들은 오디세우스는 아가멤논에게 명을 받아 아킬레우스 아들 네오프톨레모스를 데려오고 헤라클레스 활을 가지고 있는 필록테테스를 데려왔다. 예언자가 말한 네 가지 중 두 가지를 이룬 것이다.

그 다음 다시 싸웠다. 네오프톨레모스는 아버지 갑옷을 입고 헤라클레스 활로 화살을 쏴 파리스를 맞혔다. 그 다음 오디세우스는 예언자가 말한 세 번째 팔라디온 가져오기를 했다. 세 가지를 이루었지만 그리스는 이기지 못했다. 네 번째 트로이 성벽을 부시지 못했기 때문이다.

오디세우스는 한 숨을 쉬면서 우리 힘으로 성벽을 못 부신다고 하였다.

그때 오디세우스에게 좋은 생각이 떠올랐다. 오디세우스는 속이 빈 말을 만들라고 했다. 만드는 동안 아가멤논과 오디세우스는 작전을 짰다.

말이 완성되자 트로이 성으로 목마를 옮기고 목마에 들어갔다. 다음날 트로이 병사 일행이 와서 목마를 성으로 가져갔다. 밤이 되자 트로이 병사들은 축제를 벌였다. 모두 술에 취해 잠들자 오디세우스와 병사들은 목마에서 나와 트로이 성에 불을 질렀다. 결국 그리스의 승리로 끝났다.

그리스에서 사람을 한 명 트로이로 보내 그 사람이 의자왕처럼 왕이 나랏일과 백성을 돌보지 않게 해서 나라가 약해지면 트로이를 공격해서 트로이 성을 빼앗으면 될 텐데.

눈

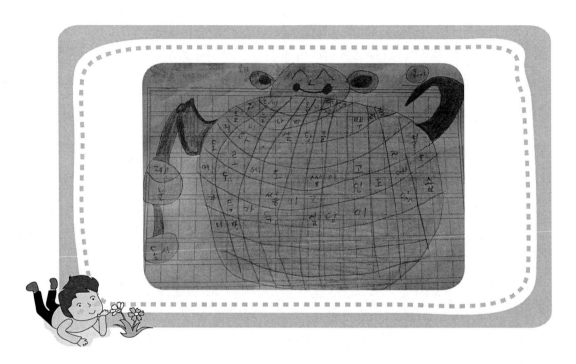

교실 뒤 자갈밭에 눈이 쌓였다. 선생님은 밖에 나가도 된다고 하셔서 친구들과 함께 밖으로 나갔다. 나는 큰 눈덩어리를 만들었다.

친구들은 내 눈덩어리를 보고 "와 눈 덩어리가 정말 커.", "와 엄청 큰 눈덩어리다."라고 했다. 나는 큰 눈덩어리로 눈사람을 이성준과 함께 만들고 선생님이 사진을 찍어 준다고 하셔서 눈사람을 들고 사진을 찍었다.

또 모정환과 이성준 내가 함께 눈사람을 들고 사진을 찍었다.

그 다음 동하와 이성준과 눈싸움을 했다. 하지만 장갑도 안 끼고 눈을 만지느라 너무 추워 교실로 들어갔다. 세상이 냉동실이 된 것 같았다.

다음부터는 꼭 장갑을 준비하여 장갑을 끼고 놀아야겠다.

김장하러 장흥으로 고 고~

아침에 일어나서 외할머니 집으로 갔다.

도착하자 인사를 하고 예슬이, 은지, 연수와 놀았다. 엄마, 이모, 외숙모, 외할머니, 외할아버지는 김장을 했다.

나는 집에서 가져온 종이, 연필로 그림을 그리고 색종이로 색종이 접기를 했다. 외삼촌이 거북이를 접어 주셨다. 진짜 살아있는 것 같았다.

왜냐하면 몸통이 부풀어 올랐기 때문이다.

나도 집에서 거북이를 접어봐야지.

놀다가 김장하는 것도 봤는데 배추를 김칫소에 무치고 있었다.

내년에는 나도 김칫소에 배추를 한 번 무쳐보고 싶다.

컴퓨터도 했는데 연수와 은지가 구름빵과 뽀로로를 보여 달라고 해서 보여주고 게임을 했다. 레고 게임과 벤텐 게임이 가장 재밌었다.

왜냐하면 계속 이겨버렸기 때문이다. 외할머니 집에서 밥을 먹고 술래잡기도 하고 집에 왔다. 정말 재밌는 하루였다. 또 김장을 하면 좋겠다.

케이크 만들기

클레이와 데코 클레이로 케이크를 만들었다.

나는 자동차 모양의 케이크를 만들었다. 자동차 케이크를 만들었는데 준비물을 바이오플레 통, 요플레 통, 투명한 통, 투명한 받침대, 싸인펜 뚜껑이다.

만드는 방법은

1. 바이오플레 통 2개를 서로 붙인다.

2. 붙인 것을 투명한 받침대에 붙인다.

3. 바이오플레 통 위에 요플레 통을 붙인다.

4. 요플레 통 위에 싸인펜 뚜껑을 붙인다.

5. 그 다음 바이오플레 통 뒤에 투명한 통을 붙인다.

6. 그리고 클레이를 틈이 없게 붙인다.

7. 그런 다음 노즐로 달팽이 모양처럼 짰는데 똥 모양 같았다.

또 뱅뱅이 모양으로도 짰다. 만져보니 사르르 아이스크림처럼 부드러웠다.

또 케이크 만들기를 하고 싶다.

다음에는 크리스마스 모양 케이크를 만들어야지.

우장춘 할아버지에게 편지쓰기

우장춘 할아버지에게

우장춘 할아버지! 안녕하세요.

우장춘 할아버지는 정말 대단하세요.

토감과 무추라는 잡종 식물을 만들고 씨 없는 수박을 만드는 등
특별한 씨앗을 만들었잖아요.

그리고 지치지 않고 연구하는 집중력이 부러워요.

저도 우장춘 할아버지처럼 어떤 것에 집중을
잘 하고 싶어요.

또 우장춘 할아버지께서 특별한 씨앗
을 만든 것처럼

저도 멋진 로봇을 만들게요. 히히히.

변성준 올림

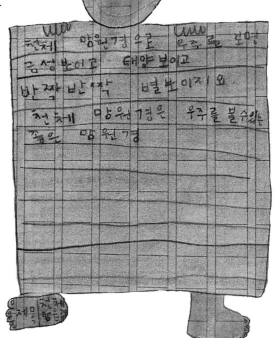

달걀프라이 요리

프라이팬에 식용유를 두르고 달걀을 깨서 프라이팬에 떨어트렸다.

그 다음 소금을 왼손바닥에 놓고 오른손 엄지와 검지로 집어 달걀에 뿌렸다.

그런데 손에 물기가 있어서 소금이 손에 달라붙었다.

소금 잡는 끈끈이주걱이 된 것 같았다.

노릇노릇 계란이 익으면서 톡톡 소리가 났다.

뒷부분이 익자 뒤집었다.

그런데 노른자가 터지는 바람에 다시 뒷부분으로 돌려야 했다.

계란프라이가 다 익자 맛있게 먹었다.

계란프라이를 별모양으로 만들고 싶었
는데……. 아쉬웠다.

나는 과학자가 돼서 프라이를 여러 가
지 모양으로 만드는 로봇을 만들 거다.

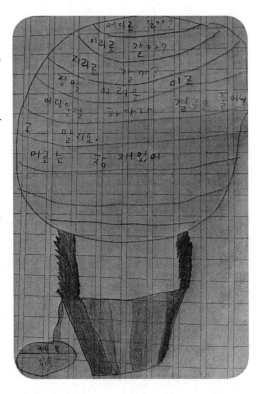

장기자랑

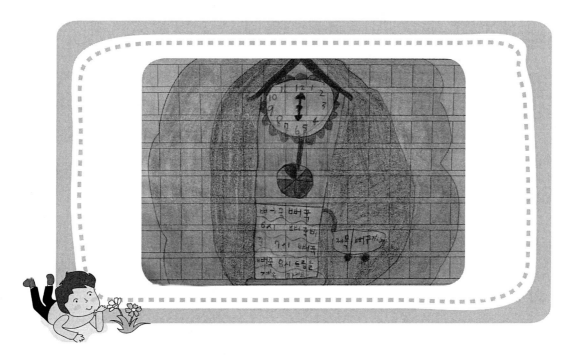

토요일에 장기자랑을 한다.

나는 민승이와 같이 장기자랑을 할 거다.

민승이와 함께 우리 집에서 뭘 할 건지 정했다.

오랜 동안 생각한 끝에 내가 노래를 부르고 민승이가 덤블링을 하기로 했다.

하는 방법은 내가 먼저 노래를 부르고 1절이 끝나면 민승이가 덤블링을 한다.

참 재밌겠다. 친구들이 재밌게 봐주면 좋겠다. 잘 할 수 있을까?

두근두근 빨리 토요일이 오면 좋겠다.

"민승아, 우리 장기자랑 때 잘하자."

악기 만들기

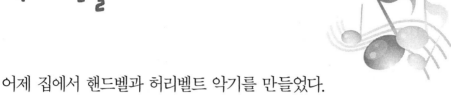

어제 집에서 핸드벨과 허리벨트 악기를 만들었다.

핸드벨을 만드는 방법은 먼저 요플레 통에 구멍을 뚫는다.

그 다음 종에 철사와 색연필을 연결하면 끝.

허리벨트 악기 만드는 방법은 먼저 파란색 천을 길게 자르고 양쪽 끝 부분에 찍찍이를 붙인다. 그 다음 요플레 통에 구멍을 뚫고 끈을 매단다.

요플레 통에 콩, 쌀, 모래, 색연필 뚜껑을 각각 넣고 벨트에 붙이면 끝.

티띠띠디디딩 쾅쾅쾅 띠딩 친구들은 핸드벨 소리가 듣기 좋고 허리벨트 악기는 신기해 내가 한눈파는 사이 자꾸 만지려고 했다.

학교에서 꾸미기를 했는데 너무 힘들어서 친구들과 같이 붙이기를 했다.

하지만 친구들이 밥을 늦게 먹어서 선생님께서 2시간밖에 못주셨다.

다음부터는 만들기를 할 때 친구들이 밥을 빨리 먹으면 좋겠다. 나는 악기에 한지만 붙이고 개인 인사를 했는데 선생님께서 종이컵으로 만든 악기를 주셨다. 기분이 참 좋았다.

악기 만들기를 또 하고 싶다.

눈

학교에 가서 받아쓰기를 보고 운동장으로 갔다. 운동장으로 가보니 솜처럼 하얀 눈이 정말 많았다. 친구들은 선생님께 눈을 던졌다.

선생님 옷과 얼굴에는 눈이 달라붙었다. 나는 눈이 쌓여있는 바닥에 누워 팔 다리를 저어 천사 모양을 만들고 펑펑펑 눈싸움도 했는데 눈이 입에 들어가고 얼굴에 달라붙었다. 눈 마사지를 받는 것 같았다.

그 다음 눈으로 백두산을 쌓았는데 이성준, 한수혁이 장갑을 빌려달라고 했다. 맨손으로 눈을 만졌는데 너무 차가웠다. 눈은 차가움의 대왕이다.

장갑 없이 눈을 만지면 안 되겠다. 친구들이 장갑을 돌려주자 정민이, 민승이와 함께 눈으로 미니 백두산을 만들었다. 나는 꾹꾹 눌러 단단하게 했지만 다른 친구들이 만든 눈 성은 단단하지 않아 부서졌다. 앞으로 눈을 가지고 또 백두산을 만들 때 단단하게 만들어야지. 눈으로 백두산을 만든 후에 낙엽을 꽂아 놓고 교실로 갔다.

공부하고 밥을 먹은 다음 교실로 들어가 장갑을 끼고 얼음이 있는 데로 가서 미끄러졌다. 스르르르르륵 나는 부츠 아래 부분이 미끄럼방지가 있어서 안 넘어졌는데 친구들은 "아야." 엉덩방아를 찧었다. 신나서 계속 미끄러졌는데 나도 마지막에 엉덩방아를 찧었다. 꽈당. 차 아랫부분을 보니 고드름이 달려 있어서 떼었다. 내가 딴 고드름은 총 같았다. 다 놀고 교실에 들어갔다. 정말 재밌는 하루였다. 겨울은 정말 재밌는 계절.

장기자랑하고 선생님께서 만들어주신 간식 먹기

학교에 가서 장기자랑을 했다.

첫 번째로 박서현이 바이올린 연주를 했다.

실수도 안 하고 정말 잘했다.

민승이와 나는 세 번째로 했다.

내가 발뒤꿈치를 모으고 앞에는 부채모양처럼 벌린 다음 다리를 구부렸다 폈다 하면서 타잔노래를 불렀다.

타잔노래는 "타잔이 10원짜리 팬티를 입고 20원 짜리 칼을 차고 노래를 한다. 아아아."

"타잔이 20원짜리 팬티를 입고 30원 짜리 칼을 차고 노래를 한다. 아아아."

이렇게 계속 30원, 40원, 50원, 60원으로 이어서 부른다.

내가 이 타잔 노래를 부르면 민승이가 덤블링을 한다.

멋지게 타잔 노래를 부르고 다른 친구들 공연을 봤다.

타잔 노래를 부르고 덤블링을 한 나와 민승이, 바이올린을 한 박서현, 영어로 자기소개를 한 주향이, 뱀처럼 생긴 걸 입으로 불면서 작은별을 연주한 주원이가 제일 잘한 것 같다.

하지만 이민호, 정수민, 이현승은 싸우고 장난 식으로 해서 제일 못한 것 같았다.

장기자랑이 끝나고 와플과 떡볶이, 어묵을 먹었다.

와플은 정말 맛있었다.

뷔페에서 먹은 것보다 더 맛있었다.

맛은 구름처럼 푹신푹신 부드러웠다.

다 먹고 와플 만드는 방법을 선생님께서 알려주셨다.

와플을 만드는 데 준비물은 와플 만드는 기계, 와플 믹스, 물 한 컵, 계란 하나, 녹인 버터(4큰술)이다.

와플을 만드는 방법은 먼저 와플믹스, 물 한 컵, 계란 하나, 녹인 버터(4큰술)를 그릇에 넣고 반죽을 한다.

그 다음 와플기계 양쪽을 약 불에 2분정도 달구고 반죽을 팬에 넣는다.

한쪽을 3분씩 굽는다.

완성되면 생크림, 아이스크림, 초코시럽, 딸기시럽 등을 끼얹어 먹는다.

그러면 정말 맛있다.

새알심 만들어서 동지 죽 먹기

방앗간에서 쌀을 빻아 집에 가지고 왔다. 집에서 쌀 빻은 걸 만져 보았는데 거칠거칠 하였다. 그 다음 쌀 빻은 것에 뜨거운 물을 붓고 만져봤는데 말랑 말랑 했다. 만져보고 새알심을 만들었는데 나는 일반 동그란 새알심과 뱀 모양 새알심, 눈사람 모양, 애벌레 모양, 장승 모양 새알심 특이한 모양 새알심을 만들었다. 나는 웃는 모양 새알심이 가장 잘 만든 것 같다.

다 만들고 새알심을 냄비에 넣어 동지 죽을 만들어 맛있게 동지 죽을 먹었다. 새알심은 부드러웠다. 동지 죽을 왜 먹는지 궁금해서 동지 죽을 다 먹고 인터넷에서 찾아봤다.

옛날 진나라에 공공이라는 사람이 있었다. 공공에게는 개구쟁이 아들이 있어서 하루도 편안할 날이 없었다. 그러던 어느 동짓날 공공의 아들이 죽었다. 공공의 아들은 죽었는데 역질 귀신이 되어서 마을 사람들을 역질에 걸리게 한다. 공공은 가만히 있을 수 없어 공공 아들이 팥을 싫어한다는 것이 생각나서 동지 죽을 끓였다. 그 다음 마을 곳곳에 동지 죽을 뿌렸다. 효과가 있었는지 역질 귀신은 나타나지 않았다.

귀신이 팥을 싫어해 동짓날 동지 죽을 먹는다고 했다. 새알심도 만들고 동지죽도 먹고 동짓날 동지 죽을 왜 먹는지 알아 정말 좋았다.

학교 끝나고 집으로 가는 길에

학교 끝나고 집으로 가는 길이었다. 가는데 죽은 고양이 시체가 있었다.

알고 보니 고양이가 도로에서 있었는데 고양이 위로 자동차가 지나가서 고양이가 죽은 것이다. 고양이가 정말 불쌍했다.

고양이가 저승에서는 꼭 잘 살면 좋겠다.

고양이가 불쌍해서 계속 보고 있는데 수혁이와 동하가 달려오면서 차승현 집이 어디냐고 물어보았다.

왜 차승현 집을 찾느냐고 물어봤더니 신발을 차승현이 잃어버렸는데 찾았다고 했다.

나는 가르쳐주고 가려고 했는데 수혁이가 안내해주라고 해서 차승현 집으로 안내해줬다.

우리는 어떤 할머니가 나오자 들어가서 엘리베이터를 타고 2층으로 올라가서 초인종을 눌렀는데 문을 열어주지 않았다.

포기하지 않고 계속 초인종을 누르자 차승현이 문을 열었다.

신발을 돌려주고 집에 갔다. 착한 일을 해서 기분이 좋다.

차승현이 다음부터는 신발을 잃어버리지 않으면 좋겠다.

서커스 공연 보기(1탄)

서커스를 보았다.

처음에 줄넘기부터 시작했다.

앞구르기를 하면서 줄넘기를 하고 엎드려서도 줄넘기를 했다.

나와 친구들은 너무 멋져서 "우와."라고 크게 소리 질렀다.

나는 사람이 어깨를 밟고 탑을 만든 것과 얼굴을 다리 사이로 집어넣어 계속 해서 위로 쌓아 탑을 만든 것, 높이뛰기 한 것, 한발 자전거를 타고 머리에 그릇을 인 다음 발로 포크 등을 잡아서 그릇 안에 넣은 것과 요리사들이 그릇을 돌린 것, 작은 원 안으로 들어가고 높이뛰기 한 것이 제일 재밌었다.

나도 서커스를 한 사람들처럼 되고 싶다.

공연이 끝나자 서커스를 한 사람들에게 사인을 해주라고 하자 한자로 이름을 써줬다.

중국에서 왔다고 했다. 친구들은 모두 부러워했다.

장성 대화 썰매장가기(2탄)

장성대화 눈썰매장으로 체험학습을 갔다.

버스에서 장성대화 눈썰매장으로 가는데 너무 지루했다.

다음에는 선생님께서 체험학습을 가는데 멀지 않은 곳을 가면 좋겠다.

도착하자 선생님에게 튜브처럼 생긴 것을 타는 방법을 듣고 튜브처럼 생긴 것을 탔다.

타려면 줄을 서야 되는데 사람들이 많이 있어서 너무 힘들었다.

다리가 정말 아프게 줄을 서고 튜브처럼 생긴 것을 탔는데 조금 아찔했다.

튜브처럼 생긴 걸 2번 타고 돈가스를 먹고 집에 갔다.

튜브처럼 생긴 걸 탈 때 감기에 걸려 머리가 엄청 아팠다.

아픈 것만 빼면 즐거운 하루였을 텐데.

그리고 나는 튜브처럼 생긴 것은 타는 게 불편해서 평범한 플라스틱 눈썰매가 좋다.

수액 맞기

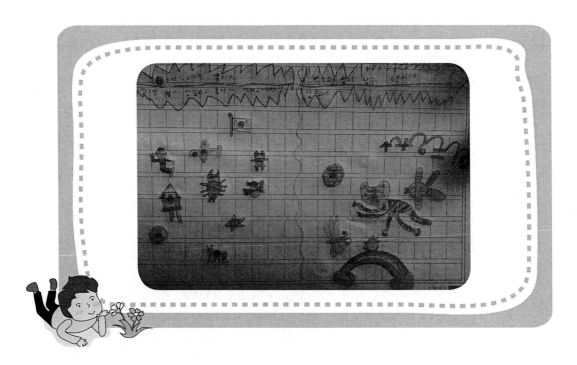

눈썰매장으로 견학을 갔다 왔다.

그런데 열이 나서 집에 가자마자 체온기로 열을 쟀다.

38.5도였다.

열이 엄청 높아 해열제를 먹어도 열이 안 떨어졌다.

해열제를 먹고 콜콜 쿨쿨 드르렁 드르렁 잠을 잤다.

엄마는 아빠에게 내가 아프다고 말했더니 집으로 오신다고 했다.

아빠가 오자 병원에 가서 치료를 받았다.

나는 몸살감기에 걸렸는데 너무 심해서 주사를 맞게 됐다.

엉덩이에 맞고 수액은 팔에 놓으려고 했는데 내가 자꾸 움직여서 주사를 다시 맞았다.

엄청 아팠다.

과학자가 돼서 먹으면 나아버리는 달콤한 약을 만들 거다.

달콤한 약을 만드는 이유는 아기들이 쓰면 약을 안 먹으려고 하기 때문이다.

주사를 맞고 간호사들이 주사 바늘이 빠지지 않도록 주사 바늘을 흰색 테이프로 붙였다.

그 다음 병실로 가서 두 시간 동안 수액을 맞았더니 열이 내렸다.

다음에는 꼭 이런 무서운 병은 걸리지 않았으면 좋겠다.

과학자가 돼서 병에 안 걸리는 약도 개발해야지.

학교에서

1부 : 재밌는 이야기

크리스마스가 되려면 며칠 안 남았다.

친구들은 크리스마스 이야기를 많이 했다.

그러자 선생님께서 8살 때 일어난 크리스마스 일을 이야기 해주셨다.

이야기를 들어보니까 선생님께서 크리스마스이브 때 산타할아버지께서 무슨 선물을 줄지 정말 정말 기대돼서 크고 예쁜 양말을 걸어두었다고 했다.

그런데 정말 웃긴 일이 발생했다고 했다.

상상했는데 일어난 일을 알 수 없었다.

선생님께서는 다시 이야기를 하셨다.

일어나보니……

양말이 없어져서 형, 누나, 동생에게 물어봤는데 모른다고 했다.

하지만 밥 먹을 때보니 형 발에 있는 것이 보여 형이 양말을 가져갔다고 싸워 혼났다고 했다.

상상만 해도 웃겼다.

그리고 형은 정말 못됐다.

양말을 가져갔는데 안 봤다고 거짓말을 했기 때문이다.

나는 절대 거짓말을 하지 않을 거다.

2부 : 과자를 먹으면서 영화보기

선생님께서 영화를 보여주셨다.

그리고 어제 가져오라고 한 과자 한 봉지를 꺼내서 비닐봉지를 뜯은 다음

먹으면서 영화를 보라고 하셨다.

윤채는 자기 과자 한 봉지를 먹고 다른 친구들 것을 먹었다.

나는 엄마가 싸준 과자는 먹고 어제 한수혁이가 준 왕꿈틀이 과자를 친구

들에게 나눠주고 있는데 윤채가 뒤늦게 왕꿈틀이를 발견해서 나에게 왔는

데 왕꿈틀이가 바닥난 때였다.

윤채는 좋아하는 과자인데 못 먹었다고 아쉬워했다.

나는 물컹 물컹 거려 좀 이상하던데.

지민이가 먹는 걸 보았는데 콘칩에 우유를 뿌려

먹고 있었다.

과자 봉지와 손이 온통 지저분했다.

다음에는 지민이가 이런 더러운

행동을 하지 않으면 좋겠다.

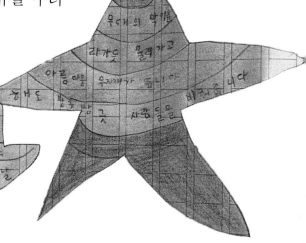

기아 자동차 탐방

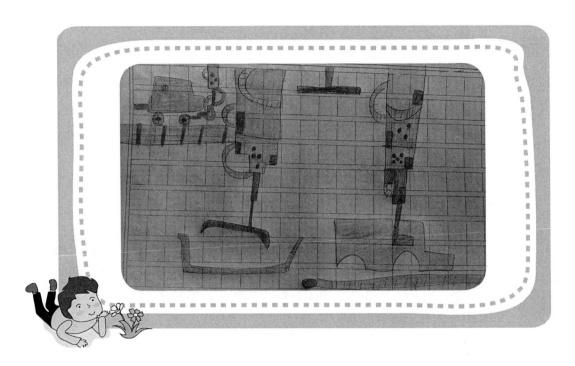

오늘은 기아 자동차 탐방하는 날.

경비실 앞에서 친구들과 만나 기아자동차 공장으로 갔다.

건물 입구에 자동차 만드는 과정에 대한 모형이 있었다.

보니까 '프레스 공장은 차량외형을 제작하는 공장이고 차체공장은 용접을 통해 차량의 구조를 구성하는 공장, 도장 공장은 차량에 색상을 입히고 건조하는 공장, 조립공장은 실내의 부품을 장착하여 마무리 하는 공장, 검수는 조립이 끝난 차량을 다양한 검사 후 출고하는 공장'이라고 전시되어 있었다.

꼭 알아둬서 똑똑해져야지.

다 보고 강당으로 가서 자동차에 대한 이야기를 듣고 동영상을 봤다.

그 다음 소울과 카렌스 만드는 1공장으로 갔다.

자동차 만드는 공장을 둘러봤는데 로봇이 의자도 장착하고 무거운 것도 들었다.

정말 놀라웠다.

하지만 드라이버로 돌리는 등 로봇이 못하는 일은 사람이 했다.

내가 과학자가 돼서 과학 기술을 발달시켜 로봇이 자동차를 만들게 하고 사람은 자동차를 안 만들어 편하게 할 거다.

그리고 자동차를 태양열로 충전되게 만들어야지.

"앨빈과 슈퍼밴드" 3탄 영화보기

영화관에서 "앨빈과 슈퍼밴드"라는 영화를 봤다. 줄거리는 데이브가 앨빈, 자넷, 브리트니, 엘레노이, 사이먼, 테오도르라는 다람쥐를 데리고 여행을 가려고 배를 타는데 앨빈이 연으로 장난을 쳐서 자넷, 앨빈, 브리트니, 엘레노이, 사이먼, 테오도르가 무인도로 가게 된다.

앨빈 무리는 무인도에서 조이라는 사람을 만난다.

조이라는 사람이 만든 집으로 앨빈 무리는 가게 된다.

한편 데이브와 이안은 행글라이더를 타고 앨빈 무리를 구하러 간다.

데이브와 이안은 무인도에 도착하자 산을 올라갔다.

앨빈 무리는 조이 집에 도착했는데 사이먼이 독거미에 물려서 엉뚱한 행동을 하기 시작한다.

하루는 조이가 앨빈 무리와 다리를 건너고 폭포에 도착한다.

그때 사이먼이 바다에 들어가 보물인 왕관을 가지고 자넷에게 준다.

조이는 보물을 갖고 싶어서 보물을 가질 음모를 꾸몄다.

데이브는 한참동안 산에 올라서 앨빈 일행을 만난다.

그런데 화산 폭발이 일어나려고 해서 배를 만든다.

배를 만들고 무인도에서 빠져 나가려고 하는데 조이가 자넷에게 보물을 찾아오라고 시켰다.

앨빈과 데이브는 자넷을 구하지만 데이브가 위험에 처한다.

이안이 설득해서 조이가 구해주고 조이, 데이브, 앨빈, 사이먼, 브리트니, 자넷, 테오도르는 화산을 피하고 섬을 빠져 나갔다.

조이가 보물을 가지려고 욕심을 냈지만 나는 욕심을 내지 않을 거다.

그리고 앨빈처럼 장난꾸러기가 되지 않아야겠다.

천체망원경

오늘은 크리스마스.

아침에 일어나서 거실로 가보니까 내가 꼭 갖고 싶던 천체망원경과 동생 예슬이가 갖고 싶던 큰 클레이가 있었다.

정말 기뻐서 엄마, 아빠에게 자랑하자 엄마, 아빠는 깜짝 놀랐다.

산타할아버지가 내가 원하던 천체망원경을 줘서 정말 감사하다.

앞으로 천체망원경을 소중히 다루어야지.

나는 밤이 되면 행성들을 구경하고 별도 보고 별자리도 만들어야지.

빨리 밤이 되면 좋겠다.

그리고 앞으로 착한 일을 많이 해서 선물 많이 받아야지.

2학년 때는 무슨 선물을 주라고 할까?

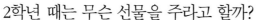

버섯

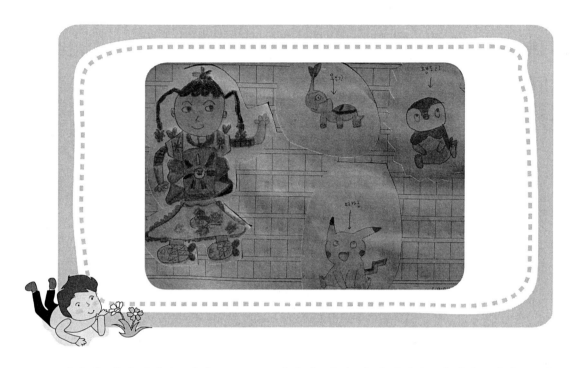

집에서 방학생활을 봤다. 오늘은 버섯에 대해 방학생활을 하였다. 버섯은 씨를 퍼뜨려 스스로 버섯이 된다고 하였다. 그리고 집에서 버섯을 기르는 방법도 알려주었다. 버섯을 기르는 방법은 먼저 비닐봉지에 배자를 넣고 스티로폼 상자에 물을 2센티미터 채우고 버섯 균이 담긴 비닐봉지를 그 안에 넣는다. 그 다음 신문지로 위를 덮어두고 물을 하루에 두 번에서 세 번 정도 뿌리면 쑥쑥 버섯이 자라면서 방긋방긋 웃는 얼굴을 들어낸다. 이 방법대로 버섯을 기르면 버섯이 자라겠지. 버섯이 자라면 따서 버섯 야채볶음을 요리할 거다. 준비물은 버섯, 사과, 당근, 양파다. 만드는 방법은 버섯을 씻고, 사과를 깎는다. 버섯, 당근, 양파를 잘라 볶는다. 사과로 장식하면 끝. 쩝쩝 변성준표 버섯요리 맛있을까?

12월 27일 화요일   하늘나라 선녀들이 주전자로 물을 뿌려 줬다.

떡

방학생활을 봤다.

오늘은 떡에 대해서 하였다.

떡은 무슨 종류가 있는지도 보여주었다.

시루떡, 진달래 화전, 절편 등이 있다고 나왔다.

그리고 절편 만드는 도구는 떡메, 떡살이라고도 했다.

만드는 방법도 나왔는데 만드는 방법은

1. 반죽을 떡메로 찧는다.

2. 쑥이나 호박을 넣어 색깔 반죽을 만든다.

3. 동그랗게 빚어 떡살로 누르면 완성.

여러 가지의 떡 종류에 대해 나왔을 때

진달래 화전이 제일 맛있을 거 같았다.

떡에서 꽃이 피는 거 같고 맛있게 생겼

기 때문이다.

앞으로 맛있는 떡 많이 먹어야지.

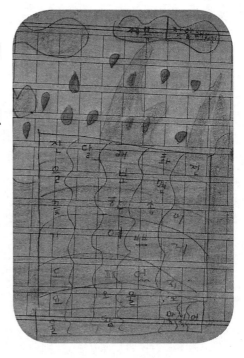

공사

아저씨 6명이 와서 거실 유리창을 뜯고 새 유리창으로 갈았다.

유리창을 가는 이유는 우리 집은 3중 유리인데 각 겹에 물이 생겨서다.

그래서 아침에 일어나서 보면 유리가 뿌옇게 되어서 밖을 보면 흐린 날씨처
럼 보였다.

유리창이 무거워서인지 아저씨들이 많이 힘들어 보였다.

공사를 대신 해주는 로봇이 있으면 좋겠다.

공사를 끝내고 유리창을 보니까 정말 정말 깨끗했다.

하지만 가오리 같은 모양이 보였다.

그래서 엄마가 유리창을 닦고 보았더
니 더 깨끗해졌다.

항상 유리창이 깨끗하면 좋겠다.

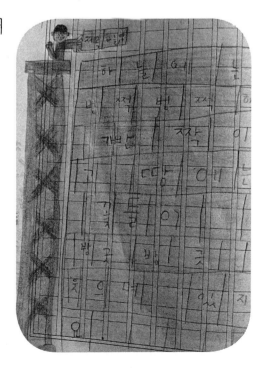

천체망원경

산타할아버지께서 선물로 주신 천체
망원경으로 초점을 맞추고 달을 봤다.
초점 맞추는 방법은 화인더 전원을
켜고 화인더를 보면 빨간색 점이 보이
는데 빨간색 점을 보고자 하는 물체
에 맞춘다.

나는 달을 봤는데 군데군데 구멍이
움푹 파였다.

색깔은 검은색으로 보였다.

나중에는 고배율로도 봐야지.

그리고 별, 화성, 수성도 관찰해야지.

또 외계인도 있는지 한 번 봐볼까?

하지만 초점을 잘 맞춰야 되니까 힘들었다.

내가 과학자가 되면 뭐 보고 싶다고 하면 자동으로 움직여서 초점이 맞춰

지는 천체망원경을 만들어야겠다.

그러면 불편하지 않겠지.

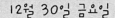

색종이로 1월 달력 꾸미기

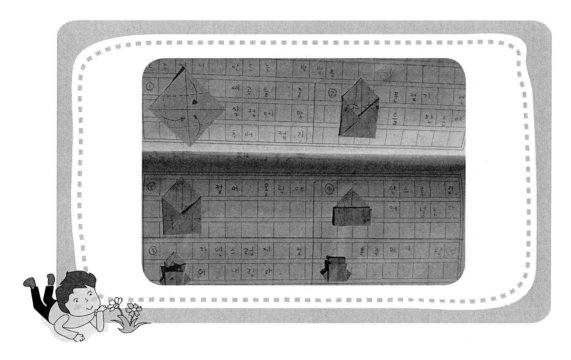

색종이를 접어 1월부터 12월까지 달력 만들기를 방학숙제로 할 거다.

색종이로 복주머니를 접었다.

복주머니를 완성하고 국어사전에 복주머니에 대해 찾아봤더니 설날 즈음
에 아이 옷고름에 달아주는 작은 주머니로 쌀, 깨, 팥 같은 곡식을 넣는다
고 나왔다. 왜 쌀, 깨, 팥 같은 곡식을 넣는 것일까?

나는 복주머니를 복 많이 받으라고 걸고 다니는 주머니인줄 알았는데 그게
아니었다. 왜 복주머니를 달고 다니는지 인터넷에서 찾아봐야지.

딱지 접기

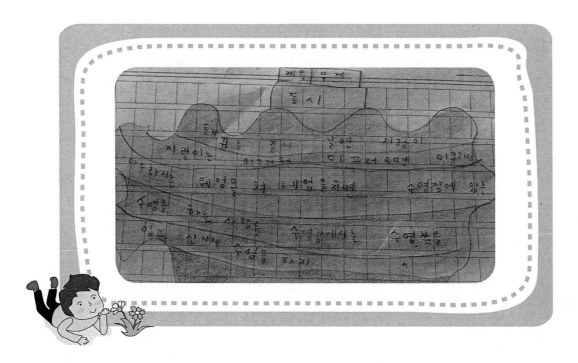

전지로 아주 아주 큰 딱지를 접었다.

딱지를 접어 딱지를 가지고 놀았다.

내가 딱지 쉽게 넘기는 방법을 알아냈는데 딱지 가장자리를 다른 딱지 끝 부분으로 내리친다. 그런데 한 딱지는 넘길 수 없었다.

너무 얇아서 넘길 수 없었다. 하지만 그 얇은 딱지는 다른 딱지를 잘 넘길 수 없다는 단점이 있었다.

앞에도 딱지모양 뒤에도 딱지모양인 딱지는 상대방이 치면 넘겼는지 안 넘 겼는지 모를 것이다. 아빠가 오시면 딱지로 놀아야지. 누가 이길까?

1월

새해 복을 많이 받으세요

일	월	화	수	목	금	토
1 신정	2	3	4	5	6	7
8	9	10	11	12	13	14
15	16	17	18	19	20	21 대한
22	23 설날	24	25	26	27	28
29	30	31